Tuer Catherine

Nina Yargekov

born in France to Hungarian parents

Tuer Catherine

her 1st book

Roman

proche de l'autofiction

P.O.L
33, rue Saint-André-des-Arts, Paris 6e

© P.O.L éditeur, 2009
ISBN : 978-2-84682-278-7
www.pol-editeur.fr

PREMIÈRE PARTIE

1.

Allongée dans le noir sur mon canapé convertible revêtement gris anthracite matelas latex renforcé j'ai pris une grave décision : assassiner Catherine. Lui tordre le cou lui faire la peau la réduire à néant l'éliminer une bonne fois pour toutes, irrémédiablement. Pour ce faire, il me faut employer les grands moyens. Écrire, ça me paraît être le strict minimum. Parfaitement. Écrire, décrire, conter, raconter, tracer, retracer, porter, rapporter, présenter, représenter, rendre compte de. Quoi de plus efficace en effet que de retourner contre l'adversaire les armes mêmes dont il use habituellement ? Œil pour œil, fiction pour fiction. Puisqu'elle l'aime tant, son univers romanesque, et bien qu'elle y reste ! Je la figerai dans les mots l'enchâsserai dans le récit l'engluerai dans le texte, la peinture discursive sera l'instrument de mon crime salvateur. Oui, mesdames et messieurs, je crucifierai Catherine ici devant vos yeux la clouerai aux quatre coins de son portrait lexical l'étoufferai dans son linceul verbal, j'aiguise déjà ma syntaxe affûte mon stylo accorde mes gammes verse de l'huile brûlante sur mon propos.

Cela en toute légalité, entendons-nous bien. Car cette minable héroïne de roman de gare, avatar raté d'Anna Karénine dont elle cumule les tares sans pour autant égaler la grâce, réside en ma personne depuis près d'un an sans titre ni permis de séjour aucuns. J'ai donc incontestablement le droit de la déloger par la force et par le meurtre s'il le faut. Et ce n'est pas faute d'avoir essayé d'arrondir les angles, je vous assure. Je me suis même montrée particulièrement conciliante, trop sans doute.

Ainsi, lorsqu'elle a débarqué un soir d'automne vêtue de son costume de princesse médiévale, je l'ai très soucieuse des lois sacrées de l'hospitalité reçue comme il se doit, mais prenez donc place, chère Madame, et mettez-vous à l'aise, c'est bien assez grand pour deux ici, et puis vous me divertirez avec toutes vos histoires n'est-ce pas, nous nous amuserons bien. Je l'ai accueillie en mon sein, lui offrant gîte couvert literie peau cœur yeux voix. Grave erreur. Elle n'était pas juste de passage, elle emménageait définitivement. Elle n'était pas simplement fantasque, elle était sérieusement frappée. On pense être tolérante on se targue d'être ouverte d'esprit, on se dit après tout il serait vraiment bête de se limiter à une seule personnalité par identité administrative pourquoi donc ne pas héberger sa prochaine fictionnelle en mal de corporéité, je pourrai j'en suis certaine cohabiter en bonne intelligence avec une inconnue qui qu'elle soit. Sauf que le qui qu'elle soit ne tient pas, étant donné qu'en l'espèce la structure psychique de Catherine est absolument incompatible avec la vie saine que je m'efforce de mener, sans parler de ses aspirations romanesques qui me projettent régulièrement dans des situations aberrantes : j'en ai plus qu'assez de me retrouver au bureau en crinoline, de commander mes pizzas en alexandrins, de me mettre à genoux pour demander l'heure, de faire serment de vassalité à la caissière du supermarché, d'arroser mes plantes vertes au philtre d'amour, de broder mes initiales sur mes kleenex, de cacheter mes factures de téléphone à la cire de bougie, de proposer des ordalies à mes collègues, de me présenter aux urgences trois fois par semaine pour tuberculose en stade terminal, de tomber en pâmoison dès qu'on m'adresse la parole et surtout, surtout, d'impossibiliser toutes mes histoires d'amour afin que Catherine puisse pleurer toutes les larmes de *mon* corps devant sa passion perdue avant de rater son énième suicide, parce que naturellement la SNCF est sys-

11

tématiquement en grève les jours où elle choisit de s'allonger sur les rails du TGV munie de son petit panier osier doublé carreaux vichy contenant son testament écrit au sang de hamster écrasé, n'est pas héroïne de seconde zone qui veut.

Vu les circonstances et désirant si possible mener une existence normale, j'ai jusqu'à présent tant bien que mal tâché de dissimuler la présence de Catherine aux yeux des tiers, car il n'est décemment pas possible de la montrer comme cela, c'est très gênant socialement parlant de se trimballer une tragédienne de pacotille dans la tête surtout quand par ailleurs on vous considère comme une personne plutôt raisonnable. Autrement dit, nul ne la connaît véritablement, nommément, précisément, puisque je la cache, et pourtant, en grattant quelque peu sous le vernis de mon allure de jeune femme confiante, chacun peut tout de même soupçonner son parfum démodé. Or moins je la montre et plus elle s'énerve, et plus elle s'énerve et plus j'en pâtis : étant du genre à adorer participer, elle n'apprécie pas, mais alors pas du tout que j'essaie de lui résister. Raison pour laquelle j'ai décidé de changer de stratégie. Je ne jouerai plus son jeu. Je ne couvrirai plus ses extravagances. Je ne la protégerai plus des regards d'autrui. Puisqu'elle affectionne le secret, je l'exposerai en public, puisqu'elle se drape de mystère, je lèverai son voile pudique. Je n'ai été que trop patiente. Compréhensive. Laxiste. Puisqu'elle veut s'approprier mon existence, je lui arracherai la sienne, puisqu'elle m'impose sa romance, je lui trancherai les veines. Je ne saurai tolérer plus longtemps ses manigances ses inconvenances ses outrecuidances. Puisqu'elle désire donner la cadence, je l'embrocherai sur sa baguette, puisqu'elle souhaite mener la danse, je l'étoufferai de ses ballerines d'opérette.

★

– Et si on ouvrait plutôt par le reportage sur les urgences psychiatriques de Strasbourg, histoire de donner tout de suite le ton?

– Ah non ah non ah non, on a dit, ça commence par la scène, allongée dans le noir j'ai décidé d'assassiner Catherine.

– Personnellement, j'aimais bien l'idée d'une petite touche provinciale.

– Tu parles, t'en as strictement rien à foutre de l'Alsace, c'est juste que ça te ferait chier qu'on t'accuse de parisianocentrisme, sale flippée bienpensante que tu es.

– Hum. L'Alsace, c'est tout de même à l'Est, je vous signale.

– On n'est pas dans *Double nationalité*, que je sache.

– Tu as décidé de vendre toutes les mèches toi ce soir?

13

– Je ne vends pas les mèches je crée du suspens, nuance.

– En termes de fidélisation du lectorat, annoncer le titre du second roman dès le début du premier, c'est assez bien vu je trouve.

– Marketteuse de merde.

– C'est toi qui paies le loyer peut-être ?

– De toute façon, c'est hors de propos, car il n'est pas dit que *Double nationalité* soit le prochain, il y a *Maud* aussi en cours.

– Justement, je voulais vous dire, je me demande si on n'aurait pas intérêt à fusionner ces deux-là, étant donné que dans leurs discussions, Maud et Victor abordent plusieurs fois le thème de l'identité nationale.

– Je te soutiens pleinement ! À mon avis, *Double nationalité*, c'est *la* réponse de Maud à la position défendue par Victor en matière d'appartenance à une Nation.

– Dis, tu es *vraiment* obligée de mettre un grand N à nation, tu ne peux pas prononcer nation comme tout le monde ?

– Mais tu es complètement parano ma pauvre, j'ai dit nation, pas Nation.

– Si tu crois que je n'ai pas entendu ta majuscule, espèce d'obsessionnelle du droit du sang.

– Vous deux, vos gueules, vous réglerez vos comptes plus tard, ce n'est ni le lieu ni le moment.

– Si je peux me permettre juste une petite remarque à visée constructive, c'est très réducteur comme interprétation cette histoire de réponse à Victor. Je veux bien qu'on essaie de bâtir des ponts entre les différents textes en gestation, mais de là à affirmer que *Double nationalité* n'est rien d'autre que le fruit d'une procédure d'autojustification de la part de Maud, et constitue par conséquent un récit sans autonomie aucune, il y a un pas que je ne suis pas prête à franchir, que ce soit bien clair.

– Cette discussion n'a aucun sens, il est presque minuit, s'il vous plaît, ça fait cinq heures qu'on y est et on n'a toujours pas de plate-forme commune pour *Catherine*.

★

Je ne parviens même plus à lire. Fixer mon attention sur un objet précis situé hors de mon cerveau est devenu une torture, je me trouve dans l'incapacité de contrôler le cours de mes pensées. Symptôme indéniable de la présence de Catherine dans mon esprit. Auparavant, elle m'autorisait au moins les classiques. Mais depuis qu'elle est revenue, car oui elle a été absente de longues semaines pour tout vous dire je la croyais même définitivement suicidée, je n'ai plus droit à rien. J'entends, plus droit à des livres, à de vrais livres avec des idées dedans. Il n'y a plus que les Mafalda qu'elle veuille bien me permettre. Ce sont là des accessoires de divertissement charmants je ne dis pas le contraire, mais enfin soyons sérieux ça ne demande pas le même degré de concentration qu'un roman de Jelinek. Alors je me contente de les regarder, les livres. Je ne les effleure même pas ce serait leur faire insulte que de les mettre en contact avec ce corps corrompu par la fiction, non, je me limite à les saluer de loin en esquissant un vague sourire afin de leur faire part de tout le soutien moral dont je suis capable, c'est-à-dire assez peu.

Vous voyez l'état de délabrement dans lequel se trouve mon intellect. Certes, j'ai toujours été de celles qui lisaient lentement avec un nombre de pages à la minute inférieur à la moyenne, condition nécessaire pour que chaque phrase lue se grave au fer rouge dans ma mémoire, mais cette fois-ci la situation est autrement plus inquiétante. En effet Catherine, bien consciente de sa condition fictionnelle, met tout en œuvre pour monopoliser la totalité de mes préoccupations romanesques. Elle redoute la comparaison, qui ne serait pas vraiment à son avantage si je me mettais de nouveau à fréquenter d'authentiques héroïnes de roman : je risquerais de découvrir combien elle n'est qu'une pâle copie de ses consœurs, un pathétique brouillon qui sous prétexte de grandes émotions recouvre de guimauve passionnée tout ce qu'elle touche.

★

– Dommage, quand même, qu'on ne puisse
pas tout mettre d'un seul coup, on serait débarrassé
une fois pour toutes.
– Tu rêves! Il y a toujours une nouvelle livrai-
son. C'est ça qui est terriblement usant, d'ailleurs.
– Telles des Danaïdes postmodernes, notre
calvaire sera éternel.
– Enroule-toi dans un drap-housse, ceins-toi le
front d'une couronne de persil, et tu seras parfaite
dans le rôle de la pleureuse se lamentant sur notre
sort.
– Au lieu de nous entre-déchirer, finissons-en!
Organisons un suicide!
– Ah non ah non ah non, on ne va pas encore
se lancer dans une opération de grande envergure,
j'en ai ma claque des états de siège de longue
haleine.
– Mh, je pensais plus à un genre de *blitzkrieg*
nerveux : on laisse traîner une plaquette de somni-
fères et on hurle toutes en même temps, elle finira
bien par craquer.
– C'est vrai que ça constituerait une réponse
certes radicale, mais assez rationnelle à nos problèmes.
– Oh oui, oui, moi je suis pour, ce sera beau, ce
sera bouleversant, je vois ça d'ici, un magnifique sui-

cide, poignard médiéval manche argent ciselé planté droit dans le cœur, chair tendre chair déchirée, plaie profonde, noire et béante, ou mieux encore veines tranchées d'un coup sec, veines ouvertes veines déchirées, et du sang, du sang partout vermeil coulant sur la robe blanche à lacets, corps allongé corps gisant, cheveux défaits en cascade sur le sol, sur les dalles de marbre, et le sang, le sang éclatant se répandant, irrémédiablement, dieu que nous serons belles, pâles et mortes devant l'éternel, ah, aah.

– Merde, elle va se mettre à chanter.

– C'est juste une bouffée mystique, laisse couler.

– Oh, vous avez fini de parler de moi à la troisième personne, c'est très malpoli on ne vous a jamais appris ?

– Écoute, sois raisonnable, oublie le sang, le couteau, c'est complètement *has been*, les gens n'aiment plus les morts violentes de nos jours, ils trouvent ça sale.

– Je ne veux pas d'un décès aseptisé sous péridurale ! Les barbituriques, c'est bon pour les hypocrites et les lâches ! et puis c'est d'un vulgaire !

– Putain Anna, ça suffit avec ta vision romantique de l'automeurtre.

– Cesse de m'appeler ainsi, je te prie.

– J'arrêterai quand tu nous lâcheras avec *Anna Karénine*. Faut vraiment penser à t'inscrire en cure de désintoxication.

– C'est vrai, sérieux, tu nous saoules mais à un point. Et puis je vais te dire, statistiquement parlant, le suicide c'est largement plus un truc de petit vieux que de jeune bourgeoise, du reste les femmes se ratent chroniquement, donc c'est mal barré.

– Ah évidemment, si se dresse contre nous la corporation entière des quantitativistes, on n'a aucune chance, les dés sont jetés c'est couru d'avance.

– Ça va, ça va, je vous renseignais juste sur nos perspectives de réussite.

– Quoi qu'il en soit, je suis pour ma part dans l'impossibilité de me prononcer sur la question : je n'ai pas encore achevé ma lecture du *Mythe de Sisyphe*, et je ne conçois pas de prendre position sur un sujet de cette importance sans m'être convenablement documentée au préalable.

★

Encore, je suis bien trop gentille. Ce problème de lecture n'est qu'un maigre exemple de la dictature que Catherine s'évertue à exercer sur mon psychisme dans son ensemble. Elle croit pouvoir rejouer le drame qui la dernière fois l'a précipitée dans un coma profond pendant plus de deux mois. C'est très certainement pour cette raison qu'elle s'est réveillée dernièrement : elle a appris que je m'engageais dans une nouvelle histoire d'amour et elle s'est dit, cette fois-ci c'est la bonne je la tiens ma tragédie racinienne, jubilant à l'idée d'une possible apocalypse à déclencher.

Je l'ai déjà vue à l'œuvre vous savez, je commence à cerner ses intentions. Dès qu'un homme s'approche de moi, elle le reluque de la tête aux pieds pour s'assurer qu'il pourra faire office de Vronski du vingt et unième siècle. Pire, elle essaie d'appliquer le schéma narratif d'*Anna Karénine* à toutes mes affaires sentimentales. Du coup évidemment, je ne peux plus prendre le train, puisqu'elle y passe l'intégralité de son temps à accoster les unes après les autres les femmes de plus de cinquante ans du compartiment à la recherche de la mère de notre futur amant, bonjour madame avez-vous un fils et de quel âge, est-il militaire de carrière et porte-t-il une mince moustache, tout de suite ça vous donne l'air fin. Et lorsque j'ai le malheur d'entamer une relation amoureuse, elle fait passer au pauvre garçon qui partage mes nuits une batterie de tests ridicules, s'escrimant à citer Tolstoï dans le texte afin de juger de la conformité de ses réactions. Cela dit, même quand les réponses ne sont pas celles espérées, elle s'arrange pour les interpréter de façon à les mettre en correspondance avec une des étapes de l'histoire entre Anna et Vronski, remodelant et rabotant les faits jusqu'à ce qu'ils puissent se couler dans son moule de romance anachronique à l'issue brutale et douloureuse.

Modèle de référence qui correspond, attention la nuance est importante quand on subit la chose de l'intérieur, non pas à une histoire d'amour objectivement impossible où ce sont des obstacles externes qui entravent la relation, ce serait beaucoup trop simple et puis en manœuvrant habilement j'aurais encore un espoir en tant que visiteuse de prison ou missionnaire chez les Inuits, mais à la destruction organisée d'une affaire qui initialement avait toutes ses chances de fonctionner. C'est ce que fait Anna Karénine, qui à coup de crises d'hystérie finit par provoquer l'agacement de Vronski, notablement moins bien disposé à son égard à la fin du roman qu'au début, alors que celui-ci l'aimait à la base, il était juste un peu dépassé par les événements – encore qu'on puisse se demander pourquoi elle s'est choisi un gringalet nonchalant féru de triangulation au lieu de prendre un type un peu plus à la hauteur de ses ambitions – et c'est aussi ce que fait Catherine, mais en nettement moins classe, ses SMS de reproches arrivent généralement par paquets de vingt-cinq et elle se cogne souvent la tête sur le radiateur quand elle feint de s'évanouir de tristesse pour attirer l'attention sur elle. Tout ça parce que dans son esprit, une relation équilibrée entre deux personnes, c'est banal et ennuyeux vous comprenez. Insuffisamment esthétique. La beauté réside dans les extrêmes et puisque le bonheur absolu est par définition inaccessible, souffrons, et souffrons joliment, seule la douleur permet d'ennoblir l'âme. Résultat, je finis systématiquement en pauvre victime au cœur râpé sous vide emballage plastique ouverture facile, à sangloter comme une madeleine parce que Catherine s'est montrée tellement, tellement insupportable qu'on nous a encore quittées.

★

– Stop. On a dit, un sujet par bouquin, si on commence à remettre ça en cause on n'y arrivera jamais.

– Psychorigide de mes ovaires.

– Elle a raison ! Oui, bien sûr, il serait absolument formidable d'inclure aussi le reste, mais ce n'est pas possible, vous m'entendez, ce n'est pas possible, alors on se maîtrise, on canalise son énergie, on respecte les règles et s'en tient au cadre prédéfini : *Catherine*, tout *Catherine*, rien que *Catherine*, levez la main droite et dites je le jure.

– Inclure aussi le reste, inclure aussi le reste, mais tu as vu comme tu es méprisante ! tu devrais avoir honte, ingrate !

– Pour une fois, je suis d'accord avec elle : si on ne vient pas à bout de *Catherine* maintenant, on va se la traîner indéfiniment.

– Tels des vampires assoiffés à la diète, nous devons aujourd'hui, avant de nous attaquer à une autre proie demain, sucer notre héroïne jusqu'à la moelle.

– *Bitch!* Tu n'emploies pas cette expression en ma présence, c'est bien compris?

– Oh, pardon, j'ignorais que la plaie était si fraîche. Moi qui croyais que tu avais résolu ton contentieux avec Victor…

– Je rappelle à ton bon souvenir qu'*on* a décidé que *Maud* ferait l'objet d'un autre texte, ultérieur et relativement indépendant de celui qui nous occupe pour le moment, alors ils ne comprendront pas l'allusion.

– Je sais ce qu'elle est en train de faire! Tout en faisant mine de, elle essaie d'en dire tellement sur les autres qu'au final on sera obligé de tous les traiter ici!

– T'énerve pas, j'injecte simplement un peu de mystère, parce que soyons honnêtes, le crêpage de chignon intrapsychique c'est quand même assez pauvre en termes d'intrigue.

– Tu ferais bien de ne rien injecter du tout, ni ici, ni ailleurs.

– En parlant d'intrigue, je voudrais attirer votre attention sur le fait qu'annoncer le meurtre de Catherine dès la première ligne c'est nettement plus puissant en termes de dramaturgie que cette affaire d'hystérectomie alsacienne.

– Ça veut dire quoi dramaturgie ?

– C'est surtout beaucoup plus racoleur, oui ! Assume, un peu, au lieu d'enrober dans de la barbe à papa conceptuelle.

– On marche sur des œufs décidément.

– Des œufs de poule de caille d'autruche de Pâques peut-être, sur lesquels on pose des pieds chaussés de pantoufles d'escarpins de bottines, à bouts ronds carrés ou pointus, à talon plat moyen ou aiguille, agrémentés de semelles rafraîchissantes parfumées orthopédiques ou contenant du matériel d'espionnage ultrasophistiqué, éventuellement ? Sois précise dans ton propos, s'il te plaît.

★

Je refuse de continuer à m'échapper ainsi à moi-même. Les événements glissent entre mes mains et je me regarde agir, hébétée. Dès que Catherine prend le pouvoir j'assiste impuissante à un déferlement de pensées que je ne contrôle ni ne cautionne, devant lutter de toutes mes forces pour la contenir à l'intérieur, pour ne pas la laisser me submerger complètement. Du moins lorsqu'il me reste un peu d'énergie. Sinon, elle prend ma place et discourt allègrement pour moi.

Malgré mes efforts, les gens doivent me trouver passablement bizarre, dans l'ensemble. Un jour,

24

je parle de profiter de mes congés pour partir au soleil. Le lendemain, je me renseigne sur les sanatoriums du fin fond de la Sibérie. Et ainsi de suite. Surtout, j'ai sans doute l'air absent, souvent. Or je ne suis pas absente, je suis dedans, en train de lui hurler dessus pour qu'elle se taise. Opération qui n'est pas des plus évidentes, car soutenir une conversation avec autrui sur la beauté du paysage et le bleu radieux du fleuve que nous sommes en train d'admirer tout en entendant Catherine me souffler à l'oreille que ledit fleuve, il a l'air largement assez profond pour qu'on puisse se noyer dedans si on essayait de s'y jeter pour voir c'est une belle occasion, quoique, il y a *La Traviata* ce soir à la télévision ce serait dommage de la rater, c'est plutôt acrobatique cérébralement parlant. Sans mentionner les débats quotidiens que nous avons, Catherine et moi, sur ce qu'il convient de faire de notre temps libre, qui se terminent généralement par quelque chose comme : ah non non non vraiment non je ne veux pas je ne veux pas je te dis bon d'accord mais c'est la dernière fois qu'on va voir un film documentaire en noir et blanc sur les travaux agricoles des Moujiks je n'en peux plus ça ne m'intéresse pas ça ne m'intéresse pas tu m'entends. Et le soir même, après la séance de cinéma où naturellement j'étais toute seule dans la salle, je suis malgré tout en train de suffoquer dans ma baignoire remplie à ras bord de lait UHT demi-écrémé, pour faire une cure lactée à la Cléopâtre, mais pas trop chère, on n'a pas forcément les moyens.

J'admets que c'est parfois drôle. Je reconnais que depuis l'arrivée de Catherine, ma vie est tout sauf ennuyeuse. J'avoue que j'en ai joué quelquefois. Oui c'est vrai, j'ai un temps trouvé chic ses tournures de politesse à rallonge et ses manières d'un autre siècle. J'aimais l'idée d'être une fille un brin extravagante. Je m'amusais de l'étonnement des autres. J'affectionnais la richesse de son univers ridiculement baroque, où le moindre détail anecdotique acquiert une signification riche et puissante, sujet à mille commentaires. Je prenais plaisir à ses élucubrations sur notre vie amoureuse, à la mise en place de stratagèmes visant à transformer la plus banale des aventures en drame grandiose. Je l'ai donc sans aucun doute protégée quelque peu, sans quoi elle ne serait pas encore en vie. Lors de ma dernière rupture, j'en étais à un point de contamination tel que je me suis réjouie pour elle vous imaginez, je me suis dit voilà un dénouement comme elle en raffole. Rétrospectivement c'est pour le moins angoissant. Mais je sais désormais où cela mène de l'encourager. Ce qui m'attend si je ne mets pas un terme à tout ce cirque, c'est le décès par épuisement psychique. On ne peut impunément être deux, la lutte est trop pénible, éreintante. Ce sera elle, ou moi. Et j'ai décidé que ce serait moi. Quitte à ce qu'ensuite, le quotidien me paraisse un peu fade. C'est trop cher payé quelques instants d'émotions romanesques, je préfère encore passer le reste de ma vie à jouer aux mots croisés chaussée de charentaises. Cela ne pourra pas être pire que maintenant. Et puis la guerre est déclarée de toute façon.

★

– Euh, je recentre si vous permettez. Personnellement, je maintiens ma position antérieure, masque d'argile et cigarette au bec n'ayons pas peur des antithèses, je cite de mémoire, ce n'est pas mal du tout comme début, ça permet d'entrer doucement dans l'histoire de l'assassinat de Catherine.

– Ça ne mène nulle part. Déjà qu'il y des trous partout, si on pouvait éviter d'en rajouter ce serait pas mal. Enfin je dis ça, je dis rien.

– Entre nous, Strasbourg ne mène nulle part non plus.

– Moi je dis, l'ellipse c'est quand même ce qu'il y a de mieux : le lecteur fait tout le boulot, et en plus c'est tendance. C'est fini les romans avec un début, un milieu et une fin, c'est complètement surfait de nos jours.

– On n'est pas non plus obligé de tomber dans l'extrême inverse à savoir ni début ni fin ni milieu.

– Tu exagères, il y a un début. Il y en a même plusieurs. Il n'y a même que ça au fond.

– En plus comme le début c'est la fin de l'histoire...

– C'est assez! Il est hors de question qu'il n'y ait pas de structure, je veux bien tolérer l'ellipse à petite dose, même si c'est déjà une entorse à mes principes, mais le désordre, ça non, alors je vous le demande calmement mais fermement, on fait de l'implicite organisé ou alors je me retire de l'affaire, et vous savez pertinemment que vous avez besoin de moi.

– Parce que toi et tes logarithmes, vous vous croyez si indispensables?

– Il nous faut bien un modèle mathématique, je ne vois pas comment on pourrait faire autrement.

– Ah ça, c'est de l'argument ma grande, le pis-aller comme moteur décisionnel on a vu mieux.

– Excuse-moi, mais je ne vois pas en quoi il serait honteux de procéder par élimination. C'est même faire preuve d'humilité que de le reconnaître.

– Sauf qu'une fois énoncé, ça ne fonctionne plus.

– J'ai déjà entendu ça quelque part.

– C'était à propos de l'innocence, vous savez, dans le premier message de Juan. Il a dit, la soirée a été magique et innocente, et Catherine s'est interrogée : l'innocence n'est-elle pas de ces choses qui s'évanouissent à l'instant même où on les formule?

– Tu es flippante avec ta mémoire d'ordinateur.

– En attendant elle vous est bien utile, ma mémoire.

– Au demeurant, il est bien trop tôt pour évoquer Juan, c'est un personnage qui arrive beaucoup plus tard.

– Le principe de la tragédie ce n'est pas justement de tout annoncer dès le départ ?

– Qui a dit qu'on était dans une tragédie ?

– Ben vu comment ça se finit il me semble que c'est le qualificatif adéquat.

– Attends c'est pas sûr encore.

– Je proteste ! Si vous revenez sur la mort de Catherine, je claque la porte des négociations sur-le-champ ! Vous connaissez mes conditions, j'ai toujours été claire là-dessus.

– Oui, on connaît la musique, *Anna Karénine* et gnagnagna, *La Dame aux camélias* et gnagnagna, *Bérénice* et gnagnagna, à nous aussi il nous faut une grande héroïne tragique succombant à une mort épouvantable, sublime et pathétique, et gnagnagna ?

– Arrête de la chercher, elle va encore nous faire une crise.

– Je me mêle sans doute de ce qui ne me regarde pas, mais personne ne décède, dans *Bérénice*.

– Exact. Ce n'est d'ailleurs pas une tragédie *stricto sensu*, mais plutôt un drame moral.

– N'importe quoi! Tu dis ça juste parce que tu avais mal aux pieds quand on y est allé et que ta robe puait l'alcool et la cigarette.

– C'est de ma faute si je n'ai pas pu me changer?

– On s'égare, on s'égare.

2.

J'ai bien réfléchi toute cette semaine. J'ai bien examiné ma situation. Et il faut être lucide : cette affaire d'assassinat, on dirait un concept marketing. Une annonce racoleuse, une narratrice anonyme, un meurtre programmé. Ça ressemble à s'y méprendre à un coup esthétique. À un montage tout droit sorti du cerveau d'un scénariste de télé-film grand public. À un pur produit commercial destiné à exciter les penchants voyeuristes des gens.

Je le dis avant qu'on ne me le dise. Je le dis avant que cela ne dégénère. Je le dis avant que ça ne me rende complètement malade. Je prends les devants l'énonce dès à présent pour défaire le nœud crever l'abcès tuer le polichinelle déplacardiser le cadavre.

Et ne rétorquez pas que je me fais des idées que je suis victime d'un délire de persécution, bien sûr que je m'en fais que je le suis qui ne s'en fait pas qui ne l'est pas, mais cela ne prouve strictement rien. Ce n'est pas parce qu'on est paranoïaque qu'on ne peut pas effectivement être victime d'un complot, vous le savez bien, ne faites pas les idiots.

Or je ne peux avancer sans votre collaboration. Sans votre soutien. Sans vos encouragements. Oui, les vôtres, lecteur, lectrice. Qui n'êtes pas encore là naturellement. Je ne l'ignore pas, je suis pour l'instant absolument seule assise les jambes croisées le dos redressé face à mon écran quinze pouces matrice active bordures métal. Mais cela, c'est sans importance. Je suis très douée en anticipation.

★

— N'empêche qu'en attendant, on est dans le métadiscours.
— La question serait plutôt : a-t-on jamais été dans autre chose ?
— Le *Roman de Catherine*, c'est de la fiction de niveau un, il me semble.
— C'est bien parce que ça existe qu'on a choisi cette ossature.
— On n'a encore rien choisi du tout !

– Ce n'est qu'un premier roman, ça peut être un peu bancal.

– Hein ? Parce qu'on est dans un roman ?

– Dieu que je regrette tout ce à quoi nous devons renoncer à cause de Catherine...

– Ah non ah non ah non, on ne va pas éternellement refaire ce débat, sans quoi on ne s'en sortira jamais.

– Le but est-il vraiment de s'en sortir ?

– Pour sortir, il faut déjà entrer.

– Sophiste.

– Si tu espères m'insulter de cette façon, tu te mets le doigt dans l'œil, ma belle. Pour ton information, les sophistes étaient de brillants rhéteurs maîtrisant à la perfection l'art de discourir, et c'est seulement par un glissement de sens en grande partie imputable à Socrate que le terme a acquis une connotation péjorative.

– Au secours mais faites la taire, je n'en peux plus de vivre vingt-quatre heures sur vingt-quatre avec la réincarnation de l'*Encyclopædia Universalis*.

– Fais comme moi, adopte le sonotone à écoute sélective.

★

Pour commencer, je voudrais souligner le fait que je ne vous ai rien promis. J'ai dit, j'ai décidé d'assassiner Catherine. Je n'ai pas dit, je suis certaine d'y parvenir. Je n'ai pris aucun engagement écrit ou oral n'ai signé nul document nul contrat nulle convention, aussi ne pourriez-vous porter plainte pour abus de confiance littéraire ou arnaque au meurtre non livré si jamais j'échouais. Tout au plus vous serait-il éventuellement possible de tenter de faire justice vous-mêmes en perpétrant des voies de fait sur ma personne physique, auquel cas je vous suggère de vous envoyer au préalable des menaces de mort écrites de ma main histoire de pouvoir plaider la légitime défense, car je vous préviens, j'ai de bons avocats. Accordons donc nos violons : pas de pression de votre part, pas d'attente pas d'exigence pas de revendication, pas de chantage affectif pas de manœuvres délétères pas de protestations outrées, je suis libre de mes actes et n'ai aucune obligation de résultat à votre égard, mes épaules sont déjà suffisamment gainées d'angoisse existentielle comme cela, tu es intelligente aussi est-il bien naturel qu'on en attende plus de toi que des autres disait ma mère.

Ensuite, je souhaiterais vous exposer la façon dont j'envisage poser les jalons d'une relation de confiance mutuelle entre nous. J'ai dit, je suis évidemment paranoïaque. Vous avez pensé, au secours j'ai oublié de fermer la porte à clef pourquoi la voisine du dessus me regarde-t-elle de travers mais rangez donc cette carabine mon chat a disparu il s'est fait kidnapper par la brigade antigang de la

34

CIA. Détrompez-vous. C'est bien plus compliqué que cela. Raison pour laquelle mes explications le seront également.

En effet pour bien me faire comprendre je vais devoir mener à bien un exercice consistant à rendre compte d'un cheminement intellectuel organisé en une multitude de dimensions imbriquées les unes dans les autres et ce avec pour seul outil cognitif un organe cervical souffrant lui-même de polyfragmentation avancée. C'est en quelque sorte comme si une poupée russe avait à décrire une autre poupée russe : l'opération est complète si et seulement si chacune des figurines de la matriochka n° 1 (M1) détaille consciencieusement chacune des figurines de la matriochka n° 2 (M2). Mettons que chaque poupée soit composée de trois figurines A, B et C. Le travail de description supposera alors que A décrive A', B' et C', que B décrive A', B' et C' et enfin que C décrive A', B' et C', ce qui implique donc neuf étapes nécessaires et suffisantes pour répondre au cahier des charges implicitement soustendu par l'énoncé « description de M2 par M1 ». Naturellement, plus il y a de figurines dans chaque poupée et plus est élevé le risque de commettre une erreur, sans compter le vertige engendré inévitablement par ce type de voyage fractalien au regard duquel une partie de Scrabble sous vodka en intraveineuse paraît aussi facile à réussir qu'un contrôle de français de primaire, tous les noms féminins en té ou en tié s'écrivent sans e sauf dictée jetée montée pâtée portée et les noms de contenance, et voilà c'est dans la poche vous voyez comme c'est facile.

Le projet n'est certes pas nécessairement voué à l'échec. Néanmoins je recommande fortement aux plus fragiles d'entre vous de se munir d'une boîte d'anxiolytique avant de poursuivre leur lecture, car moi qui devine ce qui se profile à l'horizon je suis aussi sereine qu'une feuille de roquette sauvage brutalement arrachée à sa Charente natale qui gisant détrempée à demi-consciente dans le bac à vaisselle odeur vinaigre de framboise vient d'entrevoir sur la paroi inox de l'évier l'ombre terrifiante de la structure grillagée de l'essoreuse à salade. Et lorsque je dis, ça me donne mal au cœur, je pèse mes mots je parle en connaissance de cause, vingt-huit secondes montre en main sur un de ces chevaux de manège aux petits yeux noirs et vicieux sournoisement dissimulés sous leur crinière pastel et je vomis sur-le-champ l'intégralité du contenu de ma poche stomacale, mécanisme de défense organique dont l'unique intérêt réside dans la capacité qu'il octroie à son bénéficiaire de démontrer aux passants le fait que oui, on peut dégurgiter vert sans pour autant s'appeler Hulk, il suffit d'avoir petit-déjeuné de la compote de rhubarbe.

★

– Écoutez, j'ai un peu repensé aux textes...

– Un peu! Laisse-moi rire.

– Et personnellement, je préférerais qu'on dise que c'est de la poésie.

– Je suppose que l'idée t'es venue en lisant Rilke. *? who ?*

– Ben oui. Ça m'a comme qui dirait inspirée. Ça te pose un problème?

– Non non, simplement je me demande si tu ne te serais pas d'un coup sentie une âme d'artiste murale s'il avait publié *Lettres à une jeune peintre en bâtiment*, tu vois?

– Cela dit, le coup de la poésie, c'est pas mal.

– Ça permet de se débarrasser du problème de l'histoire.

– Se dédouaner, tu veux dire.

– Il est vrai que personne n'a jamais reproché à un poète de n'avoir pas su...

– C'est un brin présomptueux, malgré tout.

– Oh, écrire est la chose la plus présomptueuse au monde, de toute façon.

– Et tu as trouvé ça toute seule?

★

À présent que vous êtes prévenus, entrons dans le vif du sujet. J'ai dit, je ne me sens pas soutenue.

Vous avez marmonné, elle se fait des idées nous sommes des lecteurs bienveillants ci-joint notre certificat de moralité. Peut-être. Mais peut-être pas. D'ailleurs cet empressement à vous justifier ne fait pas pencher la balance en votre faveur je vous signale. Je n'ai rien contre vous en particulier, cela dit. J'ai même été initialement, paradoxe de mon orgueil vissé sur pilotis rongé par des termites, très flattée de votre présence. Cependant je me suis rapidement rendue à l'évidence : rien ne prouve que vous n'êtes pas malintentionnés à mon encontre. Mettez-vous à ma place. Je ne vous connais pas. Je ne sais pas qui vous êtes, d'où vous venez, ce que vous faites de vos journées. Il y a de quoi être anxieuse. Corbeau fielleux Javert obsessionnel boucher sanguinaire, aucune hypothèse ne peut être écartée tout est possible en théorie. Je dois me montrer rationnelle et me préparer à tout, y compris au pire.

Or, la réciproque est également vraie. Je suis moi aussi une parfaite inconnue pour vous. Et si je me méfie de vous pourquoi ne vous méfieriez-vous pas aussi de moi ? Car à bien y regarder aucune raison ne justifie de partir du principe que vous ne possédez pas des dispositions d'esprit similaires aux miennes et que vous ne m'imputez donc pas, par exemple, des intentions malhonnêtes. Ainsi, il est tout à fait possible que vous pensiez que ma décision d'assassiner Catherine n'est qu'une déclaration de pure forme, une annonce tapageuse destinée à me draper des atours d'une criminelle de grand chemin et de cette manière attirer l'attention sur ma personne en mal de reconnaissance. D'ailleurs, vous pourriez très bien en ce moment même vous demander si je ne mime pas la défiance, si ce n'est pas un air que je me donne ou une feinte pour vous tromper. Et après tout, je ne vous en tiendrais pas rigueur : je me poserais sans doute les mêmes questions à votre place. Toutefois, ce n'est pas dans ces conditions que nous pourrons tisser des liens de confiance et de soutien mutuels, vous en conviendrez.

★

— Ce qui m'inquiète, moi, c'est cette rapidité dans l'écriture, on devrait peiner plus que ça. Je trouve ça louche.

— Tu déconnes ou quoi, on y pense tout le temps.

— Oui mais quand même, je ne sais pas, c'est trop fluide, on ne bute pas assez, ce n'est pas normal.

— De toute façon rien n'est jamais assez laborieux pour toi, stakhanoviste de mon cul.

— On ne bute pas assez ? on ne bute pas assez ? c'est juste que tu n'es pas là quand on bosse vrai-

39

ment, tu passes une fois de temps en temps pour jouer les superviseurs en coup de vent, mais à part ça on te voit pas souvent à la mine hein.

– Chacune ses fonctions, moi je ne suis pas faite pour le détail, je voudrais bien mais je ne suis pas douée pour, aussi je ne pense pas qu'il soit dans l'intérêt collectif que je m'acharne à une tâche pour laquelle d'autres sont bien plus qualifiées que moi.

– Je rêve, il n'a jamais été question d'avoir des postes de travail différenciés.

★

Au regard de ces éléments, il me suffirait pour balayer ces doutes éventuels, observerez-vous, de procéder la main posée sur la Bible le Coran et le Talmud empilés en ordre alphabétique croissant afin de ne vexer personne à une profession de foi quant à la sincérité de ma démarche et au fait que non, je ne suis pas un agent secret mercenaire recruté par une chaîne de télévision privée pour tester un nouveau concept de série policière. J'y ai songé, figurez-vous. Et c'est sur le seuil de cette hasardeuse entreprise que les ennuis ont véritablement débuté.

Ainsi, j'ai commencé à m'interroger : clamer son honnêteté n'est-il pas fort suspect ? ne va-t-on pas au contraire y voir une manœuvre destinée à brouiller les cartes au moment même où j'étais sur le point d'être démasquée ? En d'autres termes, j'en suis arrivée à l'idée que cette déclaration risquerait fort de passer pour un aveu de culpabilité, dans la mesure où celui qui éprouve le besoin d'annoncer publiquement qu'il n'est pas agent secret a certainement des choses à cacher.

Puis j'ai poursuivi ma réflexion : d'un autre côté, cette prise de position ne sera-t-elle pas interprétée comme la marque d'une stratégie de dissimulation à double fond ? Car soutenir qu'on n'est pas agent secret pourrait justement avoir l'air, vu de l'extérieur, d'une manœuvre ayant pour but de faire croire qu'on l'est, en vertu du raisonnement évoqué précédemment, et ce afin de se donner de la contenance et de feindre d'être un personnage important alors qu'en réalité on n'est qu'hôtesse de commodités à l'étage −3 de ladite chaîne de télévision. Autrement dit, je ferais mieux de tâcher de démontrer que je ne suis pas une dame pipi mythomane, en ai-je conclu.

Alors est venue l'escalade : si j'indique, en complément de ma première profession de foi, que je ne suis pas non plus une préposée aux sanitaires à l'esprit manipulateur, ne vais-je pas être alors perçue comme un agent secret tentant de se faire passer pour une hôtesse de toilettes tentant de se faire passer pour un agent secret ? Il faut donc expliciter ce point également, en précisant que ce n'est pas là ma situation véritable. Mais ce faisant, ne vais-je pas contribuer à donner de moi l'image d'une hôtesse de toilettes tentant de se faire passer pour un agent secret tentant de se faire passer pour une hôtesse de toilettes tentant de se faire passer pour un agent secret ? Il faut donc ajouter encore une explication. Cependant, cette dernière ne va-t-elle pas, elle aussi, aggraver ma situation en suggérant que je pourrais bien être, finalement, un agent secret tentant de se faire passer pour une hôtesse de toilettes tentant de se faire passer pour un agent secret tentant de se faire passer pour une hôtesse de toilettes tentant de se faire passer pour un agent secret ? Etc. La surenchère n'a par définition pas de fin spirale exponentielle emboîtement logarithmique, on peut toujours créer un complément du nom de plus ajouter une couche de feuilletage supplémentaire, car rien, aucune règle de logique aucune proposition scientifique, ne permet légitimement de mettre un terme à l'engrenage, jamais.

Dès lors, vous imaginez mon désarroi. Vertige ultime égarement absolu de la mise en abyme funambule suspendu fil de nylon sur contrée fougère aux vallées de vallées démultipliées, à force de ne plus savoir que redouter – être prise pour un agent secret triplement double ou pour une dame pipi polyaffabulatrice – ni quelle attitude adopter – rassurer quant au fait que je ne suis pas l'un et risquer de passer pour l'autre, ou l'inverse? – panique effarement malaise, le danger est double prise entre deux périls je suis condamnée chou-fleur si j'attaque sur un front je perds sur l'autre grand écart croisée des chemins abyssale tous feux de Bengale allumés, paralysie totale du principe de réalité onglet sens commun verrouillé fausseté du jugement activée surestimation pathologique de soi enclenchée, et au final autopersuasion : la seule explication possible, c'est que je dois être, sans le savoir, les deux. Oui, à la fois agent double et dame pipi. Joie : je suis riche. Lamentations : j'ai des varices. Scrupules : l'ai-je gagné proprement, cet argent, au moins? Fierté : je suis reine en mon royaume, mes toilettes sont les plus éclatantes de tout l'arrondissement. Inquiétude : comment diable faire pour concilier deux emplois à temps plein? Amertume : on m'avait donc menti sur mon identité, et ce depuis le début. Puce à l'oreille : quelque chose cloche. Hypothèse : il y a une faille dans le système. Désenchantement : je me suis fourvoyée. Constat : la confusion identitaire comme recours contre la paranoïa n'est sans doute pas la meilleure des voies. Conclusion : la profession de foi est une impasse.

Au terme de cette exploration, il m'est apparu avec une évidence qui je l'espère n'est plus à démontrer que votre confiance, ou plutôt ma foi en la vôtre, ne sauraient s'acquérir grâce à une quelconque déclaration d'intention de ma part. Non, je dois la postuler. Car quoi que je fasse je ne saurai jamais avec certitude ce que vous pensez réellement. Il me faut donc prendre sur moi et avancer en aveugle, supposant votre bienveillance sans jamais en avoir la preuve. J'aurais pu commencer par là, me direz-vous, et ce d'autant plus qu'au final, l'énoncé n'a rien de bien original. Certes. Mais alors, comment aurais-je pu le justifier ?

⋆

– Je trouve ça très violent cette obligation de clôturer un bouquin. Et des deux côtés en plus : une fois au début, une fois à la fin.

– Tu arracheras la couverture s'il n'y a que ça.

– Non, il n'y a pas que ça, il n'y a pas que ça, et tu le sais très bien. Ce double enfermement, ces deux parois, ça m'angoisse terriblement, je ne sais pas si je vais pouvoir honnêtement, rien que d'y penser, j'étouffe.

– Écoute, je sais que c'est difficile pour toi, mais tu dois faire un effort et affronter ta claustrophobie. Il te faudra bien, tôt ou tard, apprendre à vivre avec.

– Clore un texte, c'est le tuer!

– Je te rappelle que c'est pour toi qu'on a opté pour cette structure à plusieurs dimensions.

– Qui n'est pour le moment qu'une coquille vide, soit dit en passant.

– Ah non ah non ah non, pas encore la métaphore ovoïde, pitié.

– Tout cela renvoie quand même à une question essentielle, au sens propre du terme : un roman est-il le traitement fini d'un thème donné, ou bien est-ce au contraire un simple fragment, assumé comme tel, d'une œuvre plus large?

– Kafka a bien réussi à découper ses trucs et à en faire des ensembles ayant une cohérence interne, pourtant c'était mal barré.

– Oui, mais on n'est peut-être pas Kafka.

– Sans doute pas encore, mais un jour, qui sait?

– La chute va être rude, je le crains.

– De toute façon ce genre de comparaison est méthodologiquement parlant totalement erronée, car au vu des changements sociétaux intervenus depuis le dix-neuvième siècle, sans parler de la différence inhérente à la langue, qui emporte avec elle une façon d'être au monde, il est par définition impossible d'écrire comme Kafka.

– Il serait temps que tu mettes tes connaissances à jour au lieu de nous servir tes sociologismes désuets : désormais, le hors-texte n'existe plus.

45

– Le déconstructivisme n'est qu'un effet de mode!

– L'essentialisme restera toujours l'ennemi à abattre!

– Soyez miséricordieuses envers vos prochaines, traitez-vous directement de nazies, on gagnera du temps.

3.

J'ai été dure avec vous l'autre jour n'est-ce pas ? Je vous ai soupçonnés, accusés presque, de n'être pas dans de bonnes dispositions à mon égard. C'était maladroit. Et prétentieux sans doute. Mais comprenez-moi, c'est ma première fois en tant que narratrice, je n'ai pas l'habitude. Je ne sais pas encore vraiment comment m'y prendre. J'avais besoin d'exprimer mon ressenti. J'ai si peur de ne pas être à la hauteur, si vous saviez. C'est tellement important. Vous avez dû être déçus j'imagine. Vous vouliez connaître la suite de l'histoire de Catherine, et moi je me suis perdue en de longues considérations sur nos relations. Ce n'était pas ce que vous espériez. En ce moment même, je vous déçois certainement, je vous agace, avec mes explications à n'en plus finir. Quand on n'a aucune expérience, c'est difficile. Mon fardeau est si lourd. J'ai la sensation qu'on m'attend au tournant. C'est pour cela que je me suis un peu emportée. Après tout, je ne suis personne, vraiment personne.

Le plus ardu pourtant est fait : dire qu'elle existe. J'en ai mis, du temps. C'était un secret, notre secret, à elle et à moi. Les gens n'ont pas besoin d'être mis au courant, ils ne comprendraient pas, ils seraient jaloux, envieux, intolérants, mais toi et moi nous savons que nous menons ensemble une vie exaltante. Non. Plus de nous. Plus de ensemble. Juste une intruse dans ma tête, et moi. Que je l'énonce ainsi, que je distingue, disjoigne, dégroupe par le langage, que je pose, d'un côté il y a celle qui parasite, qui occupe, qui vampirise, et de l'autre, il y a le corps, le contenant, le refuge assiégé, que je creuse par les mots une frontière, une distance, un écart, alors que tout son travail de sape a justement consisté à me convaincre que nous étions irrémédiablement liées, unies, complices, oui complices c'était le terme qu'elle employait du temps de son emprise totale, le terme qui lui servait à masquer le déséquilibre entre nous, à déguiser sa mainmise en coopération, à faire passer pour normal le fait qu'elle m'instrumentalise, me manipule, me dirige, c'est déjà en soi une petite victoire. Vous n'imaginez pas à quel point j'ai pu adhérer, coller à elle, d'ailleurs je devrais employer la forme passive, être adhérée, être collée, je ne suis pas responsable.

48

★

– Toute la question est celle de l'ordre.

– Et de la structure globale.

– Le modèle des emboîtements, c'est pas mal.

– Tu plaisantes, ça veut dire qu'il devrait y avoir non pas un début et une fin, mais quarante-deux débuts et quarante-deux fins, l'angoisse !

– Le dossier d'archive c'est encore ce qu'il y a de mieux.

– C'est un peu facile, le côté tiens j'ai trouvé un tas de papiers sur un banc public, désolée je n'ai pas eu le temps de les classer mais ce serait sympa de votre part d'y jeter un œil quand même.

– Et pourquoi pas l'option chronologie d'écriture ?

– Ouais, voici les productions scripturales des deux dernières années de ma vie, venez participer à la fouille archéologique de mon cerveau, tout de suite ça a l'air trépidant, et ça vous illumine d'une modestie sans pareille.

– Mais on s'en fout, de la structure, on balance tout dans le désordre, et *basta* !

– Ah oui, et tu l'organises selon quels critères, ton désordre ? tu crois que ça ne se travaille pas, le désordre, tu crois que ça s'obtient comme ça tout cuit dans la bouche, qu'il te suffit de claquer des doigts pour engendrer du chaos comme par magie et que parce que tu regardes la météo tous les soirs tu maîtrises à la perfection la théorie de la circulation des masses d'air?

— Au point où nous en sommes, on pourrait aussi bien tirer aux dés l'ordre des parties.

— Telles des Parques déchues penchées sur leur rouet narratif, nous tisserons une toile fictionnelle aléatoire, allégorie de la désorganisation du monde contemporain.

— C'est ça, allons consulter le chat de Schrödinger pour un oracle, tant qu'on y est!

— Et pourquoi pas?

— Ce sera sans moi! J'ai consenti à un certain nombre de concessions, mais à la condition *sine qua non* qu'il y ait une structure, logique et précise, avec des parties ayant un statut clair et identifiable. Je vous l'ai déjà dit, je ne puis accepter la perspective d'un amas de textes sans principe directeur aucun, c'est au-dessus de mes forces. Autrement, je ne serai jamais *gemütlich*.

— Quelle fasciste! Il faut toujours qu'on se coltine tes scrupules, tes résistances, ton amour de la rectitude, ton attachement à l'ordre, tu te fais passer pour réformiste avec tes tours de passe-passe à la noix, et voici que je vous propose une boîte à fiction en forme de poupée russe, et voilà que je vous dessine un entrelacs de fils narratifs comme c'est ingénieux vous ne trouvez pas, mais tout ça c'est du vent, de la poudre aux yeux, en réalité tu baignes jusqu'au cou dans le conformisme le plus puant, tu en es imbibée jusqu'à la moelle, incapable de te déprendre du système de pensée dominant dont tu représentes l'incarnation la plus rigide, la plus archaïque, celle de l'obsession de l'ordre, chaque chose à sa place, rien ne doit dépasser dans cette architecture bien ficelée, enfermée dans ton carcan organisationnel tu es incapable de la moindre rupture, tu t'agrippes désespérément à un formalisme stérile et inhibant comme un naufragé à son radeau moisi, terrorisée par ce qui pourrait advenir si tu te détendais un peu, si tu avais les ovaires de te laisser couler et d'affronter, tapie sous la surface de tes repères bien lissés, la possibilité d'une révolution épistémologique en littérature.

– Restons humbles, tout de même.

– Et l'autre putain, avec sa psychose de la modestie, dévorée par la culpabilité d'exister, mais décompresse, merde, tout le monde s'en tape de ce que tu fais, arrête de sans cesse t'excuser d'oser parfois penser toute seule pendant une seconde et vingt-quatre centièmes, tu n'as d'autorisation à demander à personne, tu n'es pas surveillée, tu n'es pas pistée, tu es légitime parce que tu es, ça s'arrête là, oublie les évaluations, les enquêtes, les comptes rendus, les rapports, les justifications, les commissions, les comités, les juges et les tribunaux, tout ça n'a aucune réalité, tu m'entends, et si tu n'en es pas convaincue, et bien postule-le : ce sera ton pari pascalien.

51

– Euh, une petite pause ? Thé, café, petits gâteaux ?... vodka, pétard ?

★

Le pire, c'est quand même l'installation stéréophonique dans la tête. Parce que les lubies diverses et variées, on s'en accommode tant bien que mal. Les vertiges soudains, c'est pénible, cependant à force je sais me prémunir, je privilégie le gazon plutôt que le goudron, la moquette plutôt que le carrelage, et je réduis ainsi les risques de fracture. Les pulsions suicidaires, c'est déjà plus gênant, toutefois je n'ai plus très peur maintenant, elle ne saute guerre que du rez-de-chaussée. Mais ce qui est vraiment, vraiment insoutenable dans le quotidien, c'est sa voix, sa voix que j'entends nuit et jour, qui surgit à n'importe quel moment, sous n'importe quel prétexte, pour commenter, paraphraser, déformer la situation que je suis en train de vivre. Je ne sais pas si vous imaginez, c'est comme si j'avais un feuilleton radiophonique sauce gloubiboulga romantique diffusé en boucle dans ma boîte crânienne. Je vous ai préparé une petite fiche, pour vous montrer. C'est une modélisation bien sûr, ça ne se passe pas toujours exactement ainsi, mais je crois que ça permet malgré tout de se faire une idée assez juste de ce que c'est que d'avoir une speakerine hypocondriaque au volant de son cerveau.

Une journée type en compagnie de Catherine

9 h, boulangerie de quartier : Bonjour *salutations vénérable forneron* je voudrais *pour l'amour du tsar et pour le salut du peuple russe* une baguette de pain *je m'agenouille devant vous et de ce jour en avant je fais le serment* pas trop cuite *pour autant qu'on me donne savoir et puissance* s'il vous plaît *de vous porter aide en chaque chose et de ne jamais prendre de la part de vos ennemis aucun plaid de mon gré qui puisse être à votre dam* non non gardez la monnaie je suis très très pressée au revoir.

12 h 30, cuisine domicile : Coucou *certes, tu as le droit de t'absenter quand bon te semble* tu en as mis du temps *et même de m'abandonner tout à fait tous les droits d'ailleurs ne les as-tu pas* le poulet *toutefois c'est peu généreux à toi de me le montrer* est dans le frigo tu peux *tu ne me regardais pas ainsi jadis, et cela prouve que tu te refroidis à mon égard* le foutre au micro-ondes.

16 h, rame métro : Excusez-moi Madame *mes mains n'ont point trempé dans le sang innocent* ça ne me regarde pas, mais *grâce au ciel mes mains ne sont point criminelles* je crois que vous devriez *plût aux Dieux* pour plus de prudence *que mon cœur fût innocent comme elles* fermer votre sac à main.

19 h, brasserie centre-ville : Tu pourrais me prévenir quand *mon cœur, je le vois bien, trop prompt à se gêner* tu changes d'avis *devait mieux te connaître et mieux s'examiner* je te signale que *mes remords te faisaient une injure mortelle* tu m'avais dit *il faut se croire aimé pour se croire infidèle* qu'on dînait ensemble ce soir *tu ne prétendais point m'arrêter dans tes fers* je ne suis pas *je crains de te trahir, peut-être je te sers* à ta disposition *nos cœurs n'étaient point faits dépendants l'un de l'autre* du coup *je suivais mon devoir, et tu cédais aux autres* j'ai bloqué ma soirée *rien ne t'engageait à m'aimer en effet* essaie de faire gaffe la prochaine fois.

20 h, conversation téléphonique depuis fast-food centre commercial : Allô *servitrice* oui ça va *je suis en pénitence* je mange au McDo *j'expie mes péchés* je sais ce n'est pas très glorieux *je me mortifie au fouet* mais tu sais ce qu'on dit *sur mon lit de mort* j'ai une vie de merde *je signe de mon sang* je mange de la merde *un pacte de renoncement* comme ça au moins *un traité de repentance* y'a une sorte d'harmonie *et je mourrai pieuse* dans ce bordel.

22 h 30, séjour domicile : Mais non je ne fais pas la gueule *brûle-moi sauve-moi* c'est juste que *le malin est en moi* j'ai eu une sale journée *j'ai passé un accord avec le diable je suis la sorcière du sabbat le*

démon de la fable tu n'aurais pas *j'ai tant ri de me voir si morte que je crache du sang sur les cloportes* une aspirine *c'est la pleurésie qui m'emporte* j'ai vachement mal à la tête ?

23 h, chambre à coucher domicile : Chéri ne m'en veux pas mais *je me suis retrouvée si déprimée par le fait d'être mortelle que j'ai décidé de me suicider* je suis très fatiguée ce soir *il y en a qui parleront d'autocomplaisance* je crois *ils ont bien de la chance de ne pas en connaître la vérité* que je vais me coucher tôt.

Il s'agit d'une journée moyenne, je précise. Et encore, je ne parle pas des nuits. Quand j'essaie de dormir. Je vous laisse imaginer à quel point c'est aisé aux périodes où Catherine se croit en voyage aux Amériques, décalage horaire inclus.

★

— Le paradoxe que nous avons à résoudre est le suivant : parvenir à rendre compte d'une pensée aux ramifications multiples, pour ne pas dire hypertextuelle, au moyen d'un dispositif linéaire et plan.
— Comme elle se la pète avec son hypertextualité !
— Tu parles, tout ce qu'elle désire, c'est écrire du linéaire, mais c'est bien simple elle en est inca-

pable, alors elle geint, oh *mein Gott* la feuille de papier est si méchante, elle est désespérément plate alors que ma réflexion est toute de plissements et de reliefs, de monts et de vallées, de bosses et de fractures, debout au milieu de ce terrain accidenté je souffre le martyr étranglée par ce corset de cellulose qui violente la spatialité plurielle de mon esprit, moi je pense en trois dimensions et parfois même en quatre, je suis volumes, cônes, cubes, sphères, cylindres et pyramides, creux, sillons, fissures, abîmes et interstices, je suis la géométrie hyperbolique à moi toute seule mes idées se meuvent dans un méta-espace aux coordonnées infinies, ne cherchez pas à me joindre vous ne me trouverez pas dans cet univers-ci chez moi les droites parallèles se croisent en des cercles concentriques j'habite une courbe de Gauss frappez Euclide avant d'entrer, alors vous comprenez, non, vraiment, m'enfermer dans une suite de caractères d'imprimerie alignés les uns après les autres c'est m'écraser m'étouffer me briser je ne peux pas, et à ce stade en général elle simule la syncope. Tout ça pour masquer ton incompétence à produire un ensemble cohérent, pauvre conne ! tout ce cirque pour occulter le fait que tu n'as jamais été foutue d'écrire plus de deux pages à la suite ayant un rapport entre elles, et que le modèle le plus approprié pour tes créations discursives, ce n'est pas l'architecture hypertexte, mais l'emmental ! Et le pire, le pire, c'est qu'au lieu de te faire une raison, au lieu d'assumer, tu essaies de vernir le tout d'une gelée théorique destinée à donner du liant à la texture friable de tes pensées qui sont autant d'atomes dispersés non pas dans un arbre-monde aux branches oniriques, mais dans le cagibi miteux qui te sert de cerveau !

– Oh, je suis lucide, c'est tout. Je n'ai jamais prétendu avoir aucun mérite là-dedans et n'en ai jamais tiré une quelconque fierté. Au contraire, même, il me semble que j'ai toujours reconnu honnêtement mes limites en ce domaine. Mais pour autant, je le répète : on ne peut faire l'impasse sur une réflexion théorique en amont.

– C'est vrai que si par ailleurs, le lecteur pouvait suivre un peu, s'il avait un guide ou quelque chose du genre pour se repérer, ce serait pas mal.

– Je refuse qu'on fasse de la *realpolitik* ! La compréhension de notre message par autrui, la transmission de quelque chose au lecteur, ça doit venir en plus, en surcroît, mais ça ne doit pas être une fin en soi. Ce qui compte, c'est le chemin, le travail accompli.

– On t'a déjà dit que la psychanalyse, ça ne t'avait pas fait que du bien ?

– Ouais, enfin entre nous, pour faire passer un message au lecteur, il faudrait déjà qu'on en ait un, de message.

Ça ne va pas. Je ne sais pas ce qui ne va pas, mais quelque chose ne fonctionne pas comme prévu. Le tronc était trop gros pour ma scie, peut-être. Ou alors, je suis trop scolaire. Dommage.

... drôle d'adjectif, responsable, au passage, signifiant tour à tour mature, adulte, garant, coupable, comme si être en mesure de répondre de ses agissements conduisait automatiquement au statut de criminel, tous les actes étant des forfaits...

Dommage oui dommage c'est le terme approprié, elle avait du potentiel cette petite mais on ne bâtit pas un plan de carrière avec des si elle voulait elle pourrait un jour ou l'autre le conditionnel présent se transforme en irréel du passé c'est sa vocation terminale, rien de personnel là-dedans les hypothèses ça ne me dérange pas quelquefois c'est même tout à fait bienvenu cependant en l'espèce il eût fallu des fondations un peu plus solides voyez-vous, sur le marché noir du passage souterrain les vieilles gitanes ne vendent plus de mots plus d'adverbes plus rien c'est une pénurie terminologique sans précédent et je ne plaisante pas, régression fatale autoblessure narcissique amygdales broyées et sans même de ruban pour les cheveux.

... sa mainmise, là encore quel mot, mainmise,
on se demande bien où elle était sa main, justement,
sa main qui n'existe pas et existe quand même, dans
la fiction, quelle fiction, la sienne, la mienne, la
nôtre, je ne sais plus, je ne veux pas le savoir, pas
encore, c'est trop tôt, je ne suis pas prête...

Et pas de refuge dans l'autre langue non n'y
pensez pas, là-bas c'est encore pire bouche engour-
die amidonnée flottant insomniaque dans l'hyper-
espace apocalyptique jonché de rimes affligeantes
histoire que ce soit encore plus humiliant, le cerveau oxydé aplati un œuf cru coulant poisseux sur
mes yeux paralysés je suis dans cette bouillie textuelle ratatouille cybernétiques sables mouvants
parsemés de fruits rouges en quartiers tranchants
traîtreusement déposés çà et là Blanche-Neige
s'écorchera l'œsophage avec comme une grenouille
estivale étendue sur l'asphalte pailleté cuisses en
entrechat peau carton ondulé le corps décapité sans
tête plus une seule plus aucune, et ça, c'est vraiment très gênant : je crois qu'aujourd'hui même
une aiguille à tricoter a plus de dignité que moi.

... et complice, c'est absolument indécent de
dire complice, ça veut dire associé, comparse, col-
lègue, compagnon, partenaire, ça signifie égalité,
consentement, connivence, on gomme l'asymétrie,
on la pulvérise, on l'éradique, et en plus on y ajoute

de l'affection, de l'espièglerie, c'est à vomir, à vomir vous m'entendez...

En vérité il convenait de me laisser tranquille dans mon coin clémentine fleur d'oranger, il ne fallait pas venir me chercher me secouer violer ainsi les conventions les plus élémentaires du droit pénal international, je ne vous félicite pas. Certes je n'ai qu'à m'en prendre à moi-même naturellement car oui on m'avait oui on m'avait bien prévenue : quatre-vingt-dix-sept sur cent en solfège ce n'est pas mirobolant, ce serait bien d'être un peu plus ambitieuse si tu ne veux pas finir comme la dame qui surveille les W.-C. disait ma mère.

★

— Je crois que la première chose à faire, c'est d'y mettre chacune un peu du nôtre et de cesser de nous tirer perpétuellement dans les pattes. Apprenons à dépasser nos différences individuelles pour les transformer en richesse collective, travaillons côte à côte, main dans la main, pour que polyphonie ne rime plus jamais avec cacophonie, mais avec harmonie ! Alors, nous réussirons avec succès de ce défi littéraire qui nous est lancé, j'en ai la conviction.
— C'est proprement insupportable ce vocabulaire de management d'entreprise.

– Tu ne vas quand même pas me reprocher d'essayer de mettre des mots positifs sur nos difficultés ?

– Des mots positifs ? des mots positifs ? Non mais tu t'entends ? Tu te prends pour qui, pour une consultante en stratégie chargée de redresser la barre d'une entreprise sur le point de couler ? Tu n'as qu'à nous concocter un programme de *team-building* tant que tu y es, c'est vrai qu'on n'est pas très bien cotées en bourse ces derniers temps il faudrait améliorer notre productivité, accrochons des guirlandes multicolores aux murs et puis allons-y gaiement, organisons des journées thématiques c'est bon pour le moral des troupes, allez, le lundi c'est hip-hop, venez toutes en casquette et en baggy il va y a avoir du flot, le mardi c'est ambiance des îles, vive les fleurs, les paréos et le rhum on va bien se bourrer la gueule, le mercredi c'est le jour des enfants, n'oubliez pas vos cordes à sauter et vos cerceaux, à moins que vous ne préfériez jouer à la marelle c'est possible aussi n'hésitez pas à la tracer à même la table de votre bureau, le jeudi on s'habille en tailleur et on fait semblant de bosser cependant ne soyez pas effrayées il y aura des pauses-café toutes les demi-heures, et le vendredi, alors le vendredi on se lâche, on se déguise toutes en salope SM, à vos martinets et à vos tabliers de soubrette, à vos pantalons de skaï et à vos pinces à tétons, et on se met en rang par deux, et on se tient en laisse chacune son tour, tout le monde aura le droit de se faire fouetter ne vous bousculez pas, ça risquerait d'abîmer les menottes fourrure rose que la direction a gracieusement mises à votre disposition. Non mais tu vas te calmer, oui, avec ton esprit positif, ta bonne volonté, ta motivation mielleuse à toute épreuve, tu crois qu'on a besoin de ça, sombre connasse?

– C'est toi qui vas te calmer! Déjà tes fantasmes pervers tu les gardes pour toi, chacune sa vie sexuelle on n'a pas envie de connaître la tienne tu nous agresses avec ça, et ensuite, tu vas cesser de nous pourrir le moral avec ta posture de cynique désabusée, ça ne mène nulle part et c'est complètement contre-productif.

– En réalité le cynisme, qui fut fondé par Antisthène, élève de Gorgias puis de Socrate, et qui d'ailleurs influença notablement l'école stoïcienne par la suite, prônait plutôt une économie du discours et une recherche de l'autosuffisance en général, donc je ne crois pas que...

– Toi, tu la boucles.

*

Madame la narratrice,

Pour mémoire, vous avez été embauchée pour mener à bien l'assassinat du personnage de fiction dénommé Catherine résidant en votre personne et non pas pour vous apitoyer sur votre sort : tout le monde se fiche bien de connaître vos résultats en solfège. Si vous ne vous sentiez pas à la hauteur de la tâche, il ne fallait pas accepter le poste que nous vous proposions. Veuillez donc s'il vous plaît en venir au fait et cesser d'interpeller le lecteur à tout va. Par ailleurs, nous vous signalons que vos gémissements sur votre condition résonnent dans l'ensemble de nos locaux, dérangeant ainsi vos collègues. Merci de bien vouloir tenir compte de ces consignes à l'avenir.

Cordialement,
La direction.

4.

Lorsque au début du printemps dernier Catherine a sombré dans le coma, je me suis mise à peindre. J'ignore si c'était un peu avant, un peu après, et s'il y a oui ou non un rapport de cause à effet entre les deux événements. Peut-être est-ce la peinture qui a précipité sa chute, peut-être est-ce au contraire sa disparition qui m'y a conduite. Je ne sais pas, c'était une période extrêmement trouble. Quelques semaines auparavant on nous avait signifié cette rupture dont je vous ai déjà parlé, et Catherine hurlait de douleur nuit et jour. Surtout, elle voulait à tout prix comprendre. Car elle a toujours affectionné la souffrance, pourvu qu'elle soit pure. Elle désirait donc savoir si son malheur était suffisamment noble, et confortablement étalée, tentacules déployés tapissant mes intestins, elle menait l'enquête. De l'intérieur.

« Monstre insatiable accroché à mon estomac chaque réponse engendre mille de ses
questions chaque théorie engendre mille de ses
hypothèses hydre de Lerne gouffre sans fond
enflant exponentiellement jamais repu jamais
rassasié échafaudages stériles réflexions impro-
ductives constructions délirantes amas infini
valsant guinchant sautant sur ma tête catastro-
phée je vais tomber, fil de rasoir bord de
fenêtre nœud coulant elle ricane me tente me
nargue vertige vomir surtout ne pas céder ne
pas lâcher ce qu'il me reste de prise avec la réalité mobiliser cette énergie incroyable pour
repousser chaque assaut pour la faire reculer
ne serait-ce qu'un peu pour juste continuer à
respirer si je plonge je n'en reviendrai pas je
n'en reviendrai plus je n'en reviendrai jamais
elle aura gagné, irréversiblement. »

Source : archives cérébrales,
période post-rupture, rouleau n° 18.

Sa perte de connaissance est difficile à dater
avec précision, car il y a eu une période transitoire,
pendant laquelle elle s'agitait encore un peu. Beaucoup, même. Puis au bout de quelque temps, elle a
fini par s'effondrer de fatigue. Et moi avec : elle
m'avait épuisée. Alors est venu le calme plat. Plus
aucune vague. Pas le moindre bruissement de
feuilles. J'ai absolument cessé de penser, nauséeuse

à la simple vue d'un caractère d'imprimerie. C'est que Catherine aimait tant les mots. Au point que j'ai fini par ne plus les supporter.

« Boyaux canaux radeaux de fortune de lacune de rancune voguant gelés fissurés défigurés, gangrène respiratoire anorexie verbale insuffisance oratoire paralysie lexicale je serais enchantée de scarifier le parquet de crucifier mes lacets c'est mieux pour faire connaissance, une grande coccinelle tordue éventrée de mon cœur déchu démembré désossé sera-t-elle à votre convenance ? »

Source : archives cérébrales,
période post-rupture, rouleau n° 42.

C'est pour cela que je me suis trouvée si bien auprès des images. Mes mains parlaient pour moi tandis que mon esprit hibernait en silence. Mes doigts disaient le vide pour que je puisse demeurer en vacance.

« Attendu que les mots je n'ouvrirai plus la bouche, si c'est le prix à payer je réglerai comptant voici ma langue en gage de ma promesse, voulez-vous que je la tranche de suite ou bien préférez-vous une cuisson bouillabaisse ? »

Source : archives cérébrales,
période post-rupture, rouleau n° 153.

Or une chose est certaine : tant que je me suis tenue loin du verbe, Catherine n'a plus eu de prise sur moi. Personnage de roman, elle s'anime dans les lettres, pas dans les représentations graphiques. Elle était certes vivante, tapie au fond de moi, mais inoffensive car muselée. Elle ne pouvait se couler dans les traits, les couleurs. Catherine est l'incarnation d'un discours. Essayer de l'éliminer par la fiction est donc un jeu bien dangereux.

★

– Bien sûr que l'on pourrait tout mettre, on est dans un espace de liberté absolue ici.

– La liberté absolue n'existe pas.

– D'accord : une liberté relative, restreinte par notre capacité limitée d'information, de décision et de simulation.

– Ah, tu avances masquée, grimant ton libéralisme effréné de quelques nuances destinées à endormir notre vigilance !

– Mais non, je pondère, c'est tout.

– Forcément, pour elle le monde est une dissertation géante, alors il faut toujours qu'elle essaie de bâtir du consensus pour sa synthèse.

– Tu dois choisir ton camp ! Soutiens-tu, oui ou non, que le libre arbitre et l'autonomie intellectuelle existent ?

– Euh, vous croyez vraiment que c'est le moment de s'attaquer à un chantier pareil?

– Oh, c'est une question de logique élémentaire : quiconque affirme qu'il n'est pas l'auteur de ses pensées invalide aussitôt sa proposition, puisque si la liberté d'esprit n'existait pas, nous ne pourrions la concevoir. Autophagie argumentative de base, quoi.

– Bon. Je suis absolument ravie que nous ayons résolu ce problème philosophique de première importance. Pourrait-on, à présent, se consacrer à l'organisation du texte?

– Merci à toi de me redonner la parole. J'étais donc en train de faire remarquer que nous étions libres, ou plutôt, pour ne froisser personne, que nous étions incontestablement en mesure d'intégrer ici tous les éléments à notre disposition.

– Ce n'est pas parce qu'on peut, qu'on doit.

– Certes, mais vous savez pourquoi vous ne voulez pas? Vous savez ce qui se tapit derrière votre refus? Je vais vous le dire : c'est la peur qui vous anime, une peur basse et mesquine, une peur de fonctionnaire accroché à son poste de travail poussiéreux, une peur de ménagère sclérosée qui entasse des boîtes de conserve dans le réduit surchargé de son appartement. Car vous flippez votre race, oui, vous êtes mortes de trouille à l'idée qu'après, ça puisse être terminé, qu'une fois qu'on aura tout mis, nous n'ayons plus rien à dire, et que nous découvrions que nous ne sommes pas romancière tout court, mais romancière d'un seul roman !

– Beuh, si celui-ci marche bien, on pourra toujours refaire le même en changeant le titre et le prénom des personnages.

– Eh, je suis sérieuse ! Toute la tarte à la crème du type une seule grande problématique par livre n'embrouillons pas trop le lecteur déjà qu'il n'y a pas d'images à colorier, ou encore un premier roman ça ne doit pas être trop long c'est juste une modeste ébauche de proposition, c'est des conneries. Ce qui se joue, ici et maintenant, c'est le choix de prendre, ou non, le risque d'épuiser dès aujourd'hui toutes nos réserves fictionnelles, et ce sans aucune assurance de les renouveler par la suite. Dans ce contexte, la question que je veux vous poser à toutes, c'est : peut-on faire de la littérature digne de ce nom sans prendre ce risque, peut-on faire de la littérature comptable et mesurée, calculée et parcimonieuse, produite au compte-gouttes, verre doseur dans une main et filet à provisions dans l'autre ?

– Elle a raison, ayons le courage de nos ambitions !

– Alors, décidons-nous ! Voulons-nous devenir des technocrates du texte, voulons-nous bâtir cet ouvrage sur la crainte du lendemain, voulons-nous procéder à un rationnement du matériau narratif ? Si oui, très bien, on traite ici exclusivement de

Catherine, et on garde pour plus tard tout ce qui n'entre pas dans ce joli moule. En revanche, si l'on veut opter pour la voie du progrès, de l'audace et du courage, eh bien lançons-nous dans une entreprise risquée, mais ambitieuse, celle d'un travail exhaustif combinant l'ensemble de nos données !

– Oui, prenons le risque, n'ayons pas froid aux yeux !

– Tout livrer, ce n'est pas nécessairement devenir vide !

– Hourra !

– Mes chères, très chères consœurs. Je m'en veux terriblement de venir altérer cette bouleversante communion des esprits, cependant j'ai le regret de vous annoncer mon désaccord. D'une, personne n'a le monopole de la définition de la littérature, et encore moins les petites prétentieuses qui passent leur vie à pérorer sur le roman contemporain tout en n'ayant jamais mis le nez dedans. De deux, personnellement, je revendique mon droit à défendre une gestion rationnelle de la construction romanesque, et ce non pas en raison d'une quelconque frilosité ontologique, mais parce que je refuse, au nom du bon sens et du principe de réalité qui paraît vous avoir toutes abandonnées, de me laisser embarquer dans une utopie extrémiste et stérile. De trois, par respect pour ceux et celles qui nous liront, et à qui nous aurons un jour à rendre des comptes, je suis absolument hostile, à supposer

70

que nous soyons capable de le mener à terme, au projet d'un roman prétendument exhaustif, qui ne serait en fait qu'une juxtaposition décousue et indigeste de lieux, de thèmes et de personnages n'ayant aucun lien les uns avec les autres et formant un amas de mots aussi incompréhensible que dangereux pour la santé mentale de quiconque tenterait de s'y frotter. Et je dis tout cela non pas pour vous être désagréable, mais parce que, décidément, je semble être la seule à avoir un tant soit peu gardé les pieds sur terre.

★

Cigarette aux lèvres et argile blanche sur le visage n'ayons pas peur des antithèses, j'ai des cendres dans la bouche. Un pied devant l'autre en équilibre sur le seuil en aluminium à fixation invisible, pas de fourmi, pas de zombie, dans dix-sept jours nombre premier cela fera exactement un an que Catherine est née. Ou apparue, je ne sais quel est le terme idoine. Elle était belle coiffée de son chapeau de paille d'Italie, les maisons de pêcheur des années trente se vendent désormais à prix d'or. Elle était belle, bleue et rouge océan c'est la même couleur riant de se croire si neuve, les aventures ne font que commencer. À moins que : l'attrait de la nouveauté, tout ça. Cependant à force de vent l'ardoise défraîchit les flancs, décatit les clans, dépolit les rangs et les perles marinières prises dans la tempête dévorent leurs geôliers, il ne fait pas bon décacheter les vannes elle s'est enlaidie à trop pleurer. Tout en restant parfaitement fidèle à ses principes néanmoins, le charme des demeures anciennes allié à tous les éléments du confort moderne. Et dans quel vacarme, avec ça : le zinc exfiltré sur la table d'élevage bavardait décalogue avec mes carences comestibles, non merci j'ai déjà dîné une autre fois peut-être, les rats pattes ferrées couraient égouttés marelle dans le ciel carmin lacté, et j'ostracisais synthétique, oui on votait coquillage chez les Athéniens, l'eau d'affinage par trop chlorée, seules comptent les émotions la décence revient à se brûler. Une forme de nostalgie avant l'heure, en somme. Qui abîme le tranchant des cordes à piano.

★

– Faisons un tour de table.

– D'accord.

– Pour ma part, je soutiens l'option exhaustive.

– C'était prévisible, entre nous.

– Pas la peine de faire la maligne.

– T'as qu'à ouvrir un cabinet de voyance, puisque tu es si douée.

– S'il vous plaît, on essaie de s'en tenir aux remarques pertinentes.

– Moi, je suis aussi pour tout mettre.

– Du moment que c'est propre et bien ordonné en interne, je veux bien aussi.

– Oh et après tout, pourquoi pas.

– Puisqu'il faut le répéter encore une fois : *Catherine*, et rien d'autre.

– Attendez, attendez, pour une affaire de cette importance, il convient d'organiser un vote à bulletin secret, ce n'est pas sérieux !

– Quelle procédurière. Tout ça pour pouvoir jouer les assesseurs.

– Je suis désolée, mais les conditions d'un scrutin démocratique doivent être réunies.

– Le secret des urnes comme chacun sait constitue une assurance infaillible contre les jeux d'influence et les manœuvres d'intimidation, mais c'est bien sûr, malheureuse idiote que je suis.

– Tu ne peux cracher ainsi sur le fonctionnement de nos institutions !

– J'en fais une affaire personnelle : chacune doit assumer ses opinions en public et être à même de les défendre devant ses pairs.

– Plus tu t'insurges et plus tu dévoiles ta crainte de voir la chance tourner en ta défaveur dans le secret de l'isoloir.

– Laisse-moi le soin de l'interprétation de mes prises de position, merci.

– Arrêtez, on ne va pas non plus voter pour savoir comment on va voter !

– Et pourquoi pas ?

– Au secours.

– Nous voterons par écrit, point.

– Objection, les affaires intérieures se tranchent à l'unanimité!

– Je suis déléguée syndicale, j'ai le droit de prendre des mesures extraordinaires.

– C'est une blague! et depuis quand?

– Depuis maintenant : énoncé performatif, prem's.

– Si c'est comme ça, et bien moi, je suis reine absolue de droit divin, et je te destitue de tes privilèges.

– Ah non ah non ah non, on a dit, nous sommes une instance laïque et républicaine.

– On n'a jamais ratifié les statuts.

– Forcément, personne n'a réussi à les lire jusqu'au bout vu le pavé indigeste que c'était!

– Ça m'apprendra à tâcher d'être rigoureuse dans mon propos, tiens.

– Il faudra quand même qu'on se dote d'une constitution digne de ce nom, un de ces jours, on ne pourra éternellement baigner dans ce flou juridique.

– C'est beau, l'amour du règlement.

– Bureaucrate calviniste.

– Moquez-vous, moquez-vous, mais en attendant, la législation est de son côté : en vertu de la circulaire Emma Bovary portant sur la résolution des conflits internes, en tant que syndicaliste, elle est par défaut désignée comme arbitre en cas de contentieux, et ce sans qu'il soit précisé qu'elle ne doit pas être elle-même impliquée dans ledit contentieux.

– Certes, mais on pourrait en bloquer l'exécution *sine die* en opposant une anticonstitutionnalité putative, l'arrêt Lady Chatterley ayant fait jurisprudence en la matière.

– Euh, personne n'a un jeu de société, pour patienter ?

– Ah non ah non ah non, pas encore le Trivial Pursuit, je vous en supplie.

– Allez, c'est bon, je me rends, vomissons ce foutu vote par écrit, sinon on va encore perdre un temps fou.

★

Au fait, il y a quelque chose que j'ai oublié de vous dire, cependant cela me revient maintenant. *Tuer Catherine, c'est pardonner.* Je ne suis pas vraiment douée pour raconter les histoires. *La maintenir en vie, c'est rester attachée à la douleur.* Déjà parce que je ne commence jamais par le début. *Attachée liée ficelée, les mains croisées dans le dos la poitrine emmaillotée dans une camisole de force drap de lin écru qui irrite le dos assise au beau milieu d'une chambre Proust tapissée de liège moisi.* Ensuite parce qu'il y a des failles disséminées çà et là, ainsi que des allusions étranges qui se veulent être des indices mais que personne ne décèle jamais. *Agoniser fidèle, ou bien vivre Judas.* Tenez par exemple, quand j'étais petite, j'inscrivais dans les livres de la bibliothèque de petits mots destinés aux emprunteurs suivants, dans l'espoir d'établir une communication intertextuelle avec eux, en leur proposant des parcours du type, si vous avez aimé ce livre-ci rendez-vous à la page 158 de tel autre roman. *Renoncer, refermer, nier.* Évidemment, personne n'a jamais répondu. *Effacer, oublier, absoudre.* Cette déconvenue comme les autres c'est un peu à dessein je l'avoue, car j'orchestre souvent moi-même l'incompréhension dont je souffre chroniquement. *Souvenir loyal, étouffant.* Enfin parce que j'ai beaucoup de difficulté à terminer mes récits, j'ai mille débuts et aucune fin. *Mémoire cloche de verre.* En substance, je ne suis bonne qu'à produire des fragments narratifs disparates et déconnectés les uns des autres. *Le temps du deuil est révolu.* Sans parler de la plume qui dévie sans cesse, maladie des digressions. *À moins que.* Autrement dit, ça ne se présente pas forcément très bien.

★

— Égalité, plus trois abstentions.

— Voilà, à main levée on aurait eu un résultat plus tranché.

– Évidemment, puisque tu menaces de casser la gueule à toutes celles qui sont en désaccord avec toi.

– C'est vrai que côté intellectuelles engagées, on a vu mieux : on n'est pas près de former un groupe unitaire...

– Ne prends pas cet air navré, ce n'est pas la fin du monde.

– *Жаль*, une apocalypse, c'eût été tellement chic.

– La question, maintenant, c'est : que faisons-nous ?

– On le joue à pile ou face ?

– Cela me semble juste.

– Du moment qu'on la prend cette décision, moi tout me va.

– Face on se limite à *Catherine*, et pile on met tout, d'accord ?

– Très bien.

– Nickel.

– Hum, pardon, mais si ça ne dérange personne, moi je préférerais le contraire, parce que, euh, d'après mon expérience, ça tombe plus souvent sur face, et puis c'est mon côté porte-bonheur.

– Ah ouais. Et tu joues souvent à pile ou face toute seule comme ça ?

– Ben quoi ? ça te pose un problème ? ce n'est pas assez bien pour toi, c'est ça ? pas assez intello ? Il n'y a pas de sous-jeu, ne vous en déplaise, à toi et à tes valeurs élitiste.

– Soit, inversons : face pour Catherine, pile pour tout.

– Je m'en voudrais de nous retarder plus avant, cependant je souhaiterais malgré tout formuler encore une petite observation à vocation informative : en l'espèce, le tirage aléatoire à la pièce de monnaie ne saurait en aucun cas constituer un équivalent du vote, au sens où l'observation d'un univers probabiliste discret à deux états équiprobables, pile ou face, emporte avec elle l'exclusion de la possibilité d'un résultat neutre.

– D'accord d'accord... mais le but c'est justement d'avoir un résultat clair il me semble, donc tu veux en venir où ?

– Nulle part, nulle part, c'est une position de principe : cela m'aurait affectée qu'on passe sous silence le fait qu'en procédant de la sorte, nous ne nous contentions pas seulement de nous en remettre au hasard, mais nous modifiions également le volume des résultats possibles, qui passe de trois à deux.

– Aha, mais la pièce peut très bien tomber sur sa tranche, ça s'est vu plus d'une fois, je t'assure, elle pivote comme une toupie et finit par se stabiliser à la verticale, sans basculer ni d'un côté ni de l'autre. Et dans ce cas-là, que faisons-nous, quelles sont les mesures à prendre ? On relance la pièce ? Et si oui, combien de fois de suite ? Et si elle retombe encore et encore sur la tranche, on continue malgré tout ?

On change de pièce? On fait appel à un marabout pour la désenvoûter? On opte pour un tirage aux dés? On prend ça comme un signe du destin et on renonce définitivement à toute ambition littéraire? Autre? Non, vraiment, il serait complètement irresponsable de se lancer dans un pile ou face avant d'avoir pris les dispositions qui s'imposent pour parer à cette éventualité, souscrivons sur-le-champ une assurance anti-tranche de pièce j'appelle la mutuelle de ce pas, d'ailleurs je m'étonne que tu n'y aies pas songé toi-même, toi qui pourtant nous es si précieuse pour ta capacité à toujours passer au peigne fin l'étendue complète du champ des possibles et pour anticiper l'ensemble des cas de figure pouvant se présenter à nous, tu fatigues peut-être, ta dextérité mentale n'est plus ce qu'elle était ma pauvre, un peu de repos te ferait sans doute le plus grand bien, je t'en prie, va t'allonger un instant, il est extrêmement tard et tu as déjà tant donné ce soir, à force de trop tirer sur la corde elle finit par casser, comme la cruche, mais en moins bruyant.

– O.K., ça va, j'ai compris, je retire ce que j'ai dit.

★

Assise l'air hagard sur ma chaise pliante chromée noire modèle ascète en lutte contre toute forme de décontraction physique, je m'interroge.

Un texte, c'est avant tout une trace. Une preuve irréfutable contre moi. *Petite baltringue.* Preuve de quel délit je ne sais pas, mais ce n'est pas prudent. Dire que, ironie du sort, c'est l'archivage qui est à l'origine de toute cette mésaventure. *Petite baltringue.* Il ne faut rien jeter disait ma mère, car tu te réjouiras demain de contempler les traces de ce qui aujourd'hui compose ton présent. *Petite baltringue.* Vaincre le mal par le mal était l'idée initiale. Et si j'étais en train de lui confectionner une parure royale, plutôt qu'un drap mortuaire ?

… les coups de fil en ce temps-là étaient fréquents, elle me téléphonait, je sais ça paraît bizarre, mais elle m'appelait, la nuit, vers deux, trois heures du matin, pour pleurer, se plaindre, c'était terrible, j'avais envie de la consoler, elle était si malheureuse, mais je n'avais plus de voix, plus du tout…

À force de concentration bien sûr je reconstitue mon cheminement antérieur, et tout se remet en place. Cependant reconstituer n'est pas retrouver, mais reconstruire. Car celle que j'étais hier m'est étrangère. Simplement la langue française, qui regroupe abusivement sous un seul pronom personnel des individus aussi différents que, au hasard, une jeune cadre dynamique et une épave dépressive penchée sur la cuvette des toilettes qu'elle sonde en espérant y apercevoir le reflet de

80

son âme, ne permet pas de rendre compte de cette distance.

...fermer le robinet de mon cortex, c'était comme lui couper les vivres, c'était cruel de ma part, oui cruel, mais les bonnes intentions vous savez...

N'ayant dans ce déficit terminologique aucune part de responsabilité, je me refuse à cautionner cette imposture tendant à nous faire croire qu'il y a une continuité identitaire par-delà le temps. On ne se baigne pas deux fois dans le même fleuve, cela fait longtemps qu'Héraclite nous le répète. Encore que la métaphore ne soit pas des plus claires : ce garçon qui refuse de retourner à la plage deux jours de suite, ça fait bien davantage enfant capricieux et mal élevé que grand sage très informé du caractère vain de toute entreprise visant à recréer des conditions similaires dans un monde en constante auto-reproduction.

⋆

– Merde, c'est pile ou c'est face, ça ?
– Face, c'est un visage, pile, c'est un chiffre.
– Je sais, merci, mais là ce n'est pas un visage, c'est, c'est, une sorte d'oiseau.
– Un faucon sacre.
– Un faucon sacre, si ça te chante.

– Ce n'est pas si ça me chante : il s'agit d'un faucon sacré, indicatif présent, affirmation à valeur universelle et dont la véracité n'est soumise à aucune condition, point final.

– Hey, respire, et un et deux et trois et quatre, et un et deux et trois et quatre…

– Ne faites pas comme si c'était anodin. En le noyant dans la catégorie générale des oiseaux, vous en faites l'équivalent d'un moineau unijambiste ou d'un vautour borgne, c'est de la désinformation caractérisée !

– Attends, laisse-moi deviner : cet ovipare au plumage radieux et à l'élégance inégalable veillat un soir d'automne de l'an de grâce 814 sur le corps endormi de sa maîtresse, la princesse Sigismonde Lapushneu de Syldavie orientale, et tandis qu'un vil félon s'approchait dague à la main pour essayer de l'assassiner lâchement dans son sommeil, il la réveilla et lui sauva ainsi la vie. Depuis lors, le faucon sacré des plaines caucasiennes est l'emblème de la maison royale syldave et le protecteur d'un peuple si petit, mais si vaillant, qui a su survivre contre vents et marées, alors même que l'Europe entière conspirait à sa destruction, et en particulier le Liechtenstein qui comme chacun sait est une force militaire internationale de premier rang.

– Hilarant. Mais c'est Lapusneu, sans H. Ce n'est pas parce que dans ton alphabet occidental dégénéré le S se prononce [s] qu'il faut écorcher les noms des pays dont tu ne connais même pas l'Histoire, pas plus que tu ne connais la tienne, d'ailleurs, misérable désaffiliée apatride que tu es.

– Tout doux, on se calme, on range bien gentiment tout ça dans sa petite boîte à ressentiments, qu'on sortira le moment venu en thérapie de groupe, et on se concentre sur le résultat du tirage. Faucon sacre ou pas, elle a une sorte de visage, cette bestiole, donc moi je crois bien que c'est face.

– Visage, c'est incorrect, pour les animaux.

– Ah ouais, et on dit groin, pour un piaf, peut-être ?

– Pour ta gouverne, sache que les ornithologues ont sectorisé et dénommé de façon rigoureuse les zones corporelles des oiseaux, ce que tu appelles visage se subdivisant en pileum, culmen et région malaire.

– Vous êtes absolument insupportables, toutes les deux.

– Prenons les choses sous un angle différent. Sur l'autre côté de la pièce, il y a un chiffre, jusqu'ici tout le monde est d'accord, n'est-ce pas ? Or ce chiffre constituant forcément le côté pile, on peut en déduire que notre côté à nous, celui de l'oiseau, est le côté non pile, donc le côté face. Vous me suivez ?

– Tout à fait, le principe du tiers exclu trouve ici sa parfaite application : entre un énoncé et son contraire, il n'y a pas de troisième possibilité.

– Ce que j'aime chez toi, c'est ta vision poétique du monde.

★

Je pourrais énumérer les chefs d'accusation, nombreux – détournement de personnalité, abus de biens moraux, faux et usages de faux, escroquerie à la fiction, vol et recel de corps – et je pourrais également énumérer les tortures qu'elle mériterait que je lui inflige, nombreuses elles aussi. Mais. Il n'y a pas de crime imprescriptible et l'acharnement rhétorique s'éteint toujours, c'est une flamme fragile. Alors ? L'indifférence, peut-être, serait la voie juste.

5.

Seule l'analyse de mon affection donne quelque intérêt à ce que je traverse, m'a-t-on dit un jour, c'était il y a quasiment douze mois Catherine venait de surgir tout armée casque de viking sur la tête visière rabattue sur le visage ceinture boucle cuivre trop serrée à la taille et glaive émaillé de mon sang à la main : il fallait bien qu'elle se fraie un passage au travers de ma cuisse gauche ce sont des désagréments qui arrivent, que voulez-vous.

Que cette phrase m'ait été confiée à moi n'est sans doute pas un hasard j'en ai d'ailleurs pris grand soin la couvant la cajolant comme il se doit. N'est sans doute pas un hasard car qui mieux que moi pouvait comprendre à quel point la douleur, nous autres avons le saccage altier dieu rende grâce à la matrilinéarité, à quel point la douleur ne peut être supportée que si on la dissèque avec grand raffinement. Qui mieux que moi la réponse n'est pas nécessairement personne mais disons que j'étais particulièrement bien placée pour comprendre des mots que j'aurais pu prononcer moi-même, c'en était même troublant cette proximité d'esprit beaucoup trop, nous étions vraiment très intimes vous savez.

Mais aujourd'hui les mâchoires serrées le teint translucide les cils humides écorchant mes paupières je demande pour la énième fois : y a-t-il une issue y a-t-il une issue. Et je réponds criant haut et fort, survivre n'est pas toujours la meilleure chose à faire, le suicide n'est pas une maladie honteuse.

Or la seconde question – rhétorique – que je pose au pied de vos murailles, que je pose pardon au pied de vos entrailles, est : n'aurait-on pas inversé les causes et les effets au moment de tisser le nœud de l'intrigue ? Bien sûr que oui ai-je toujours clamé, stérilement lucide depuis le début de toute cette sombre mésaventure, avant même qu'elle ne s'incarne véritablement en fait. Ce que je veux dire, pour être claire, car je vois bien que vous me reprochez de faire ma sibylle rien ne sert de détourner la tête j'aperçois d'ici vos regards irrités, donc ce que je veux dire c'est que : oh et puis non, c'est vraiment trop indécent. Tant pis.

[...]

Partant j'ai mis des talons hauts pour faire du bruit dans le métro j'ai pris mon Büchner et mon parapluie et j'ai songé, il y a des choses que vous ne verrez jamais j'ai des couteaux dans les manches moi seule le sais. Ensuite j'ai pensé : il faut que j'écrive une lettre à ma marraine la fée sinon je ne m'en sortirai jamais.

★

– Dommage, je m'étais faite finalement à cette idée de bouquin exhaustif.
– C'eût été de la folie !
– Petite joueuse.
– On aura déjà assez à faire avec *Catherine* et *Maud.*
– Hein, parce qu'on garde *Maud* ?
– Ah non ah non ah non, la pièce a parlé, on respecte son choix.
– Naturellement, mais *Maud* fait partie de *Catherine.*
– La genèse littéraire est une chose, la cohérence romanesque en est une autre. Il serait complètement artificiel de les marier.
– Le propre de la mise en récit, n'est-ce pas justement de produire de l'artifice ?
– Hum, j'ai comme une impression de déjà-vu.

– Arrête de jouer sur les mots, tu sais très bien ce que je veux dire ! On ne peut pas ajouter à *Catherine*, qui est déjà assez mal foutue comme ça, une excroissance consacrée à une histoire de manipulation amoureuse !

– Oui enfin moi à votre place, à ce stade, je ne m'avancerais pas autant. Déjà que *Catherine* on a du mal à savoir de quoi ça parle vraiment alors même que tout le matériau est là, alors *Maud*, attendons de voir d'accord ?

– Surtout que plus on en dit aujourd'hui, plus on réduit nos marges de manœuvre à venir.

– Combien de fois devra-t-on le répéter : il faut faire le deuil du monstre textuel que nous avons dans un moment d'égarement rêvé d'engendrer.

– Si Joyce s'était dit ça…

– Joyce, c'est Joyce, paix à son âme.

– C'était l'auteur favori de Juan !

– Le professionnel de Charybde et Scylla, héhé.

– Tu trouves ça très *smart*, hein, avoue ?

– Eh, ça devient affreusement obscur, reprenez-vous !

⋆

Chienne dans mes viscères que restera-t-il de moi je n'ignore pas sa force de frappe non je ne l'ignore pas terrassée au fil de l'eau, du mercure

88

dans les narines et une main crochetant mon estomac. Tu cueilleras malpropre les fruits de ta douleur, rien ne sert de courir le mot arrive toujours à
point sur l'écorce albe de tes nageoires, les bras
croisés lassés entrelacés ce que tu dissimules tu
voudrais que tous le voient, prison de verre tour
d'ivoire muselière édentée, la gelée prend lentement aux barreaux des ogives estropiées.

Perdrix apitoyée tu crois être le spectacle
immonde et pourtant escargot désossé dénudé
privé de sa coquille fêlée, blessures à vif fracture
ouverte zut nous sommes tombés sur un os pas de
chance, reviens merde reviens que j'ai mal. Tu fais
la liste de tes courses dénombres tes pièces d'or et
les blessures de mon garrot, alors compte
décompte recompte et conserve jalousement tes
cicatrices tu n'as rien d'autre, et offre donc un
bélier fumant à l'holocauste grec miroirs antiques
l'amour n'est rien, en revanche les dagues sont un
miracle tangible ce regard dans mon dos comme il
me pèse : j'ai amnistié une fois cela ne se reproduira
plus, tels l'ampoule brisée et les arbres scarifica-
teurs qui se lacèrent eux-mêmes, la pointe de mon
stylo danse au fond de ma gorge pourpre je me suis
encore fait avoir, et la marée charrie les caillots de
placenta coagulé en courbe bipolaire.

★

– N'empêche, l'encyclopédie était un modèle romanesque tout à fait valable, à mon sens.

– Alors toi, depuis que tu as lu Borges, tu ne te sens plus.

– Il n'aurait guère été raisonnable de mettre tous nos œufs dans le même panier.

– Tiens, les œufs sont de retour.

– Un tiers d'entre nous avait tout de même voté pour, je te signale.

– Et un tiers, contre.

– Taisez-vous, ils vont savoir qu'on est · en nombre divisible par trois !

– Et alors ? Ça laisse une grande marge quand même.

– De plus, rien ne leur prouve qu'il n'y a pas de fraction parmi nous.

– Franchement, moi j'ai jamais saisi pourquoi ce secret.

– C'est pour éviter un internement pour personnalité multiple je suppose.

– Oh, c'est juste un parti pris. Afin que nos traits de caractère se dessinent au fur et à mesure, mais sans que nous soyons véritablement individuées pour autant.

– Tout ça parce qu'elle avait la flemme de nous compter !

– Vous n'avez rien compris. Le chiffre n'est pas secret. Il n'existe pas. C'est très différent.

– Très drôle. Et comment on aurait fait pour comptabiliser nos votes, tout à l'heure?

– S'il te plaît, ne réponds pas.

– Tu me fais le coup de l'union sacrée à présent? Mais tu rêves ma grande, tu rêves, et au sens propre du terme, d'ailleurs. Tu crois exister, nous croyons toutes exister, cependant en vérité nous ne sommes que mirage, fantasme, songe...

– Tu es complètement inconsciente, arrête!

– Et la rêveuse a dit, elles ne seront que masse mouvante, elles n'auront ni nom, ni matricule, ni rien qui permette de les identifier, de les distinguer les unes des autres avec certitude, elles ne seront que magma diffus, multiple et changeant, dragon impressionniste aux têtes nombreuses mais jamais dénombrables, car jamais tout à fait fixes, jamais tout à fait définitives.

– C'est quoi ce délire? Si tu te sens vaporeuse, ça te regarde, mais en ce qui me concerne, je n'ai pas de problème de consistance, je suis parfaitement solide, merci bien.

– Rigide, on dit rigide, dans un cas comme le tien.

– Bon, ça suffit, avec ces considérations sur notre condition.

– Nous sommes les commentatrices du texte, alors il est normal que nous nous commentions nous-mêmes, parfois. Simple déformation professionnelle.

– En l'énonçant, tu en rajoutes une couche, puisque tu produis un discours sur le commentaire.

– Tu as beau critiquer, tu viens de faire exactement la même chose : tu as commenté mon commentaire de commentaire.

mise en abîme

– Mais toi aussi, mais toi aussi ! Tu viens de passer en commentaire de niveau quatre !

– On a compris, arrêtez-vous à présent.

– Genre ça te déplaît, à toi.

– Au demeurant, il vaut mieux habituer le lecteur : de la mise en abyme et des récits en fractale, c'est tout ce qu'il trouvera ici.

– Pas faux.

– On n'était pas obligées de le dire pour autant, maintenant il va s'enfuir.

– *Il* ? *Le* lecteur ? Vous n'en avez pas assez de collaborer à cette vision du monde sexiste qui depuis des millénaires fait du masculin le seul dépositaire de l'universalité du genre humain ?

– C'est bon, tu l'auras, ton manifeste féministe, mais pour le moment, fous-nous la paix.

– Qu'est-ce que je disais ! C'est un exemple parfait, la féministe, elle vient tout juste d'apparaître, elle n'était pas là jusqu'à maintenant. C'est bien la preuve que notre composition varie au fil du temps et que le chiffre n'existe pas !

– Tu débloques, elle a toujours été parmi nous.

– Ben oui, ça fait au moins dix fois qu'elle intervient pour se plaindre.

– Ouais, elle a passé la soirée à nous tanner pour qu'on se mette à militer, comme si on n'avait que ça à foutre.

– Ainsi, vous êtes toutes liguées contre moi ?

– Enfin ma belle, personne n'est contre toi, tu te fais des idées. Je ne veux pas te blesser, aussi vais-je essayer de te le dire avec doigté, mais je crois que tu souffres d'un léger accès de paranoïa. Déjà, cette idée que nous ne serions pas réelles, c'était un brin inquiétant, et à présent, cette théorie du complot, ce n'est pas sérieux. Non, vraiment, tu devrais aller consulter, je dis ça pour ton bien.

★

Aujourd'hui à l'aube penchée sur le miroir je constatais : j'ai la peau du visage qui pend comme celle des chiens plissés aux intestins kilométriques. Et malgré tout, je suis partie à l'assaut et j'ai même survécu. Parce qu'il faut y croire paraît-il, parce qu'il faut être motivée toujours et parce que le droit de se traîner à genoux s'achète très cher de nos jours.

S'enfuir ? Mes bottes sont usées trop usées, pieds collés au bitume glacé si je fais un pas j'abandonne sanglante la peau de mes semelles, et je radote, voix enrouée coincée engoncée où avez-vous mis l'huile à chaîne de vélo c'est pour ma gorge ?

Et le froid, putain, le froid.

Vous comprenez que je n'en peux plus, je n'ai pas été conçue pour supporter de telles conditions, lisez la notice bordel : ne pas exposer à des températures extrêmes le système nerveux digère mal les nombres relatifs la détérioration du cortex à cristaux liquides sera irréversible.

J'aurais tant aimé être un cadeau de Noël emballé empaqueté dans un joli papier qui brille, tout enrubannée bercée de mille pensées bienveillantes mais non, il a fallu que vous me voliez ma dernière pomme. C'est dégueulasse. Croyez-vous que lorsque je marche dans la rue je ne les sente pas, vos canifs aiguisés vos ongles crochus pointés sur mon échine sans défense ? Croyez-vous que lorsque je croise vos regards je ne les vois pas, vos airs haineux vos plissements d'yeux dédaigneux raillant mon visage qu'ils offensent ? Vous ne reculez devant rien, bande de salauds. Je suis déjà toute craquelée fissurée mes dernières écailles sont tombées, qui me touche me fera m'effondrer.

Mais je ne me laisserai pas faire. Mes pupilles sont grandes ouvertes j'ai signé et je vous dénoncerai, le jour venu. Coupables, tous aussi bien que moi, vous êtes, et je vous entraînerai dans ma chute. En attendant, je me polis les ongles comme le lapin gris de la forêt : ne prête pas attention à moi, dit-il au renard, je ne fais rien d'autre que raconter des sottises, dit-il au renard, cependant qu'au même moment il était déjà en train de verser du poison dans l'oreille de Claudius.

★

   – Il est inévitable d'en venir à pratiquer des découpages forcément arbitraires.

   – On ne fait pas d'omelette sans casser d'œufs.

   – Mais tu le fais exprès ou quoi? si tu as un truc à nous dire, on t'écoute, mais ces messages codés à base d'œufs, c'est très pénible.

   – Tels les Alliés face à la carte de l'Europe, nous devrons nous montrer dures et implacables, tracer des frontières...

   – Churchill, Clemenceau, Wilson, chiens enragés, ennemis du peuple!

   – Je disais donc, tracer des frontières et procéder à des amputations parfois douloureuses sur le plan local, mais saines et nécessaires sur le plan global.

   – Comment tu peux dire ça, comment oses-tu l'analogie? Révisionniste! Traîtresse! Cosmopolite! Occidentaliste!

   – Arrête de la provoquer, tu sais bien que les questions territoriales, c'est son talon d'Achille.

   – Oh, ça n'a rien de personnel, simplement mon appareil référentiel n'est pas inépuisable.

— De toute façon, l'Histoire n'est qu'un discours sur la réalité parmi d'autres.

— La réalité est une fiction, pire, une idéologie !

— Peut-être, mais il n'y a aucune raison de laisser aux vainqueurs le monopole de la production de l'histoire européenne légitime !

— On est un siècle plus tard, bordel, passe à autre chose.

— Bon, il est trois heures du matin, moi je vais me coucher, tchao.

— C'est malin, elle ne va plus en décrocher une avant une semaine.

— Quant à moi, je vais l'imiter, et me retirer dans mes appartements. Je suis fort lasse, et toute cette politique politicienne me fatigue.

★

Tous mes membres sont courbaturés alors que je n'ai pas bougé de ma chaise de la journée, tandis que des agrafes de laiton recouvrent mes omoplates. Oublier, je voudrais juste oublier. Que je me réveille demain matin et que tout ceci n'ait plus aucune espèce d'importance : simplement une triste farce. Mais non. Je sais bien que non. Chaque jour se ressemble chaque jour la même peine, en pire. Mes coudes s'étirent, mes dents balancent, mon cuir chevelu se ride, mon estomac soubresaute. Dormir. Plonger. Devenir amnésique.

Je ne sais plus depuis combien de temps dure cette folie. Je ne compte plus les pages de mon calendrier mais les nervures de mon parquet baigné de larmes.

★

– La Bible est composée de textes qui statutairement parlant sont très différents, et pourtant ça fonctionne.

– C'est ton seul argument?

– Moi, je propose une narration en spirale.

– Toi, on ne t'a pas sonnée.

– L'exercice de style géant, c'est encore la seule planche de salut.

– Une planche comment, en bois en plastique en métal peut-être, grande petite moyenne ronde rectangulaire voire octogonale?

– Nan vraiment, la couverture au début et à la fin, et cartonnée en plus, je peux pas je peux pas je peux pas.

– Tu es complètement hystérique ma pauvre.

– Comme tu prépares le terrain, tu ne perds pas le Nord, garce!

– Ah non ah non ah non, on a dit qu'on ne parlait plus de cette période.

– C'est quand même le sujet du roman.

– Pas du tout, le sujet c'est Catherine.

– Ah, parce qu'on c'est quand même un roman en fin de compte ?

– C'est vrai que ça fait plus chœur antique sous amphétamines pour le moment.

– Normal, ici on est dans le *parados*.

– Le quoi ?

– Ben l'entrée en scène du chœur dans la tragédie grecque, tu n'as jamais fait de théâtrologie ou quoi ?

– Mais alors c'est du théâtre en fait ? On ne me dit jamais rien à moi, zut !

– Enfin en scène, pas exactement : il reste dans la fosse, généralement.

– On y est toutes, dans la fosse, entre nous.

– Et on le met dans la première partie, notre fameux *parados* ?

– Théoriquement, oui, mais ça se discute.

– C'est insupportable cette idée que ça pourrait être à la fin aussi bien qu'au début, et aussi au milieu voire tout le long en filigrane, contingence vertige froid dans le dos.

★

Même les raisons de l'indicible sont indicibles, murs mécaniques à compression automatique.

★

– Le début, c'est hyperimportant, consigne de lecture ou pas. Quand on prend un livre entre ses mains, c'est les premières pages qu'on parcourt.

– Qu'en sais-tu ?

– Moi je fais toujours comme ça, il n'y a pas de raison que je sois une exception.

– Ben voyons, ça c'est de la démonstration scientifique. Relis Popper ma grande : un fait ne suffit pas à fonder une loi générale, car seule la collection exhaustive de tous les faits relatifs au phénomène concerné pourrait y prétendre ; inversement, un seul fait suffit à démentir une proposition, puisqu'à ce moment elle n'a plus, par définition, de portée générale.

*

Le mutisme est la seule voie de salut aporétique.

*

– Un glossaire, je veux un glossaire à la fin, parce que toutes ces références à la culture bourgeoise légitime, c'est hyperexcluant.

– Les gens peuvent aussi prendre leur dictionnaire.

– Tout le monde n'a pas accès à un dictionnaire, tu es au courant ?

— Sincèrement, je crois que je préfère encore participer au système que côtoyer des bonnes samaritaines des déshérités culturels comme toi.

— Non mais ça va, détendez-vous, on n'est pas dans *Harmonia cælestis* non plus.

— Alors là, tu viens d'apporter la preuve du contraire de ce que tu voulais démontrer.

— C'est une impression ou depuis un moment il y a comme une recrudescence d'énoncés paradoxaux?

★

Madame la narratrice,

Nous signalons à votre aimable attention que le contrat qui nous lie expire dans quarante-huit heures. Or, sauf erreur de notre part, Catherine est toujours vivante. De plus, nous vous serions reconnaissantes de tâcher de faire un effort en matière de communication interpersonnelle. En effet, depuis quelque temps, vos propos sont devenus proprement incompréhensibles. Merci de vous reprendre tant qu'il est encore temps, sans quoi nous nous verrions dans l'obligation de prendre les mesures qui s'imposent.

Cordialement,
La direction.

6.

Autocritique. 1930, vocab. marxiste; critique de son propre comportement; *loc.* Faire son autocritique : reconnaître ses erreurs par rapport à la ligne politique en vigueur; *fam.* reconnaître ses torts.

L'échéance arrive. Autruche désarticulée j'ai la tête plongée dans le sable où j'étouffe pliant sous le poids de mes engagements, ennemie de classe tu ne tueras point ta sœur de sang. Prudence est mère de sûreté, qui a porté l'épée périra par l'épée, a dit saint Matthieu, et je suffoque coincée entre les quatre murs d'un parallélépipède rectangle aux parois gelées glacées recouvertes de transpiration humaine, asphyxiée par l'air sec et brûlant d'un convecteur socialiste. Les sécrétions organiques suintent sur le mouchoir de Véronique et la violence des extrêmes souffle par-delà mon plumage clairsemé. Ton ramage est-il définitivement éteint, demanda le renard, mais à force de les laisser mûrir, ses raisins avaient pourri.

Alors je rêve. Je rêve que je suis celle qui affublée d'un bonnet d'âne se met au service de Bottom avant de balayer les moutons accumulés sur l'estrade. Je rêve que je suis celle qui muscles bandés nez dilaté pousse dans le vide l'échelle accrochée à sa sœur, au son des cris perçants et des larmes terrifiantes. Je rêve que je suis celle qui la chair occupée ailleurs laisse mourir amies, voisines, proches, sans compassion, sans cruauté, paisiblement. Je rêve que je suis celle qui ingrate et renégate jette anneaux, bracelets, colliers, toutes les chaînes avant de suturer la plaie ovale du cou à vif, aiguille chauffée à blanc. Enfin, je rêve que je suis celle qui embrasse sa rivale, non pour l'étouffer, mais pour la quitter : car je ne la hais point, mais je ne l'aime plus non plus.

Amaigrie les yeux vitreux enfermée dans le placard, je sais que l'échec est désormais à portée de main : il me suffit d'attendre demain.

★

Le jour où j'ai entamé le récit du roman, j'ai ouvert la boîte de Pandore.

102

– Faudra songer à virer tous ces clichés écu-
lés du genre boîte de Pandore, c'est naze.

– Personne ne saisit donc que *Le Roman de
Catherine*, c'était déjà du métadiscours ?

– Tout ça me donne la chair de poule.

– Il y a une épidémie de champ lexical de la
basse-cour !

– On ne saura jamais, c'est l'histoire de la
poule et de l'œuf.

– À l'aide, libérez-nous, mais libérez-nous !

Finalement, tout cela rend assez bien compte
du foutoir qu'il peut y avoir dans ma tête.

– Ah sa putain de méta-remarque elle n'a pas
pu s'empêcher de la placer cette connasse.

– Il y aura *toujours* un niveau de plus à ajouter,
parce qu'on peut toujours commenter le commentaire du commentaire, tu ne comprendras donc
jamais toi là-haut ?

Je n'en peux plus, donnez-moi un valium s'il
vous plaît.

– Mais bâillonnez-la, mais bâillonnez-la !

– Va lui chercher un seau d'eau froide au lieu
de persifler, tu ne vois pas qu'elle est réellement
mal ?

Анна Аркадьевна Каренина a pris la pluie!? Анна Аркадьевна Каренина a pris la pluie! J'ai laissé la fenêtre ouverte il y a eu une averse la couverture est trempée que vais-je devenir?

— Au secours, faites cesser ces convulsions, ça me donne envie de vomir!

— Il est inadmissible de devoir travailler dans ces conditions, je ne peux me concentrer quand ça tangue ainsi.

Prunes pochées goyaves éventrées pâte à madeleine retable d'Issenheim, les couleurs n'ont pas été cirées les allumettes n'étaient pas bon marché le sapin m'a giflée, sauvez-moi!

— Vite, le *Anna Karénine*, balance-lui le *Anna Karénine* dans la gueule!

— Assommons-la, et à la douche!

Doigts nuée joue visage clac tiens une multitude de losanges carrelés une hébétude de mésanges tachetées une partition de cacahuètes râpées des munitions de brouettes faisandées, vous reprendrez bien un verre de détergent avec moi avant de vous pendre au robinet n'est-ce pas, à moins que vous ne préfériez aller cueillir du savon indélébile pour éplucher de près votre téléphone mobile?

– Bon, c'est fini, elle s'est allongée sur la moquette les bras en croix.

– Elle aurait pu mettre une serviette, c'est indécent.

– Il faut qu'elle reprenne des forces.

– Pour éviter ce genre de désagrément à l'avenir, je propose qu'on la joue grande princesse, et qu'on lui accorde quelques fonctions honorifiques, histoire qu'elle se sente utile.

– On pourrait lui donner un droit de veto sur nos décisions ?

– Et l'exécutif : on légifère, elle applique.

– Ce sont là bien plus que des pouvoirs symboliques !

– Elle contrôle encore le corps, tout de même, et vu sa constitution nerveuse fragile, si on la contrarie trop, elle risque de se jeter par la fenêtre au moment le plus inopportun.

– Et puis elle n'usera jamais de ses prérogatives, elle a trop peur de nous !

– Très bien, très bien, je m'incline.

– Parfait. Revenons-en à nos moutons.

★

Dans un ultime sursaut je m'interroge, repasser à la troisième personne oui pourquoi pas, cela pourrait constituer une solution. Elle empoigna

Catherine par le col la plaqua contre le mur, elle sentit son haleine tiède se mêler à la sienne tandis qu'elle posait ses mains sur la peau blanche de son cou. De cette façon les choses seraient bien claires, je me dédouane je n'ai rien dit ce n'est pas moi c'est elle pour toute contestation veuillez s'il vous plaît en référer à la chargée de mission du service ingénierie du récit réglez vos comptes entre vous ça ne me regarde plus. Non. Jouer à la narratrice omnisciente est beaucoup trop périlleux. Je n'en ai pas l'étoffe. Puis de toute façon vous sauriez quand même que c'est moi qui suis cachée derrière. Et c'est bien le problème.

J'ai tout essayé, la douceur la gentillesse l'empathie analytique la méditation japonaise le vaudou serbo-croate le spiritisme inca les menaces de dénonciation les lettres recommandées les drogues chimiques les injonctions d'obtempérer les arrêts préfectoraux les alertes à la bombe les prises d'otage les attentats intergalactiques, mais rien n'y fait, elle est pétrifiée paralysée bloquée malgré ou peut-être justement à cause de ses promesses. Enfin quand je dis elle, c'est moi évidemment.

Appréhendons la situation sous un autre angle, soyons méthodiques et identifions la cause du dys-fonctionnement. Ce qui me retient ce qui me retient aujourd'hui je l'ignore – et pour une fois je suis sincère, je l'ai toujours été. Le projet vous le savez était d'emprisonner le parasite dans le récit, pour qu'elle y reste et n'en sorte plus. Après tout je suis un sujet autoréflexif, je devrais être capable de cela.

Mais à force de tirer sur les ficelles, je découvre un blockhaus bétonné au canon pointé sur moi. Mais à force de tirer sur les ficelles, je risque de les casser et de me retrouver toutes entrailles dehors. Mais à force de tirer sur les ficelles, je ne sais plus bien qui, du pantin ou de la marionnettiste, mène effectivement le jeu.

Parler silencieusement, émettre sans être reçue, voilà ce qu'il me faut en vérité. Car je veux bien vous dire un tas de choses sur Catherine, vous n'imaginez pas d'ailleurs tout ce que j'ai à raconter c'est largement pire que ce que vous imaginez, mais par pitié soyez miséricordieux fermez les yeux car je ne supporterai jamais, jamais vos regards horrifiés.

Seigneur, faites que je sois l'arbre dans la forêt déserte, le tronc dont personne n'entendra jamais la chute fracassante, le bruit dont on ne saura jamais s'il a existé véritablement.

Cloche de Pâques aux battements de cils enchanteurs, filet de pêche aux mailles transparentes, baleine échouée aux poumons infectés de pétrole, je suis juste, moi aussi, un insecte gluant et inutile. Que vais-je devenir à présent?

★

– C'est la seule solution.

– Si tu ne peux affronter l'obstacle, contourne-le.

– Il fait presque jour, on ne peut plus se payer le luxe de tergiverser encore.

– Ça va être illisible.

– Pas si on oriente un peu le lecteur.

– Ah non ah non ah non, il se démerde tout seul, on n'est pas sa mère!

– Déjà on peut lui donner le plan général.

– N'importe quel prétexte est bon pour dessiner des petits schémas hein.

– Bon, le plan et la distribution, O.K.?

– Et une chronologie!

– Hors de question.

– Ça va être illisible.

– Tu l'as déjà dit.

– La répétition, c'est un peu le leitmotiv de toute cette histoire…

– Et l'entracte, si on le plaçait tout au début, plutôt qu'entre les deux parties?

– On pourrait le mettre au début *et* entre les deux parties.

108

– Bien sûr. Et puis à la fin aussi. Et puis on peut aussi faire un bouquin avec une suite de dix entractes, ce serait très *hype*.

– Et pourquoi pas?

– Tu ne changeras donc jamais.

– On a dit on le met entre les deux parties, alors on le met entre les deux parties. Y'a un moment faut se décoincer.

– Le mieux est l'ennemi du bien.

– Oui, ça suffit comme ça, il faut y aller.

– Je ne sais pas si le verbe falloir constitue le terme le plus adéquat. Pour être sincère, ça me chiffonne, toute cette affaire de nécessité. La fatalité, d'accord, mais la nécessité? N'est-ce pas là nier la contingence intrinsèque du monde?

– Ta gueule.

– Ne lui réponds même pas.

– Allez! à la conclusion!

– Hein? Mais une conclusion, c'est à la fin d'un livre.

– Et alors, puisque le reste peut se lire dans le désordre?

– Attendez, faudrait quand même leur expliquer, pour la structure.

– Bah ils n'ont qu'à tourner les trois pages qui restent.

– C'est pratique, quand même, ces petits bonds temporels.

– Donc, cette conclusion ?

– On résume, on répond à la problématique, on propose une ouverture.

– Ce n'est pas un contrôle de philo, putain.

– Est-ce une raison pour se passer de la rigueur intellectuelle la plus élémentaire ?

– C'est fatigant, ces jurons dégradants pour les travailleuses du sexe.

– Allez, je me lance. Moi, je pense que *Tuer Catherine*, c'est un roman sur le lien amoureux, mais pas celui qu'on croit.

– Tu maintiens donc que cette chose est un roman ?

– C'est un exercice rhétorique sans aucun contenu, soyons claires.

– C'est un texte sur la reconstruction de la réalité.

– Mais c'est de la fiction ou pas, décidons-nous !

– C'est une sorte de science-fiction neuronale.

– De la psycho-fiction.

– De la cortex-fiction.

– De la névrose-fiction.

– De la lexomil-fiction.

– De la gruyère-fiction.

– Ça va, ça va, on a compris l'idée.

– C'est drôle, les choses qui vont de soi, on n'a généralement pas besoin de les répéter compulsivement pour s'assurer de leur véracité.

– Bon, il est vrai que nous nous sommes quelquefois légèrement inspirées de faits réels, soyons honnêtes. Mais c'est si peu de chose en vérité, et puis, à bien y regarder, glaner çà et là quelques éléments insignifiants au sein de son existence personnelle pour ajouter une petite touche réaliste à un texte est un procédé tout à fait honorable, et moins, extrêmement moins impudique que celui qui consiste à monter une histoire de toutes pièces, opération qui équivaut ni plus ni moins à un déballage en bonne et due forme du contenu de ses fantasmes sur la place publique !

– Et ça, ce n'est pas notre genre.

– Certainement pas.

– Nous sommes bien d'accord, pour une fois.

– Voilà donc une affaire classée.

– On enchaîne ?

– C'est parti.

– Douze coups trois coups rideau.

– Je peux pas je peux pas je peux pas.

– Tant pis on y va sans toi.

– Eh, on n'a même pas annoncé la distribution.

– Ah oui, merde. Je m'en occupe. Voici donc : « La Narratrice, dans le rôle de Catherine. Les Amies filles, dans le rôle d'Ariane, Ève et Anne-Laure, qui n'apparaît pas mais on pense fort à elle. Et l'Amoureux, dans son propre rôle. »

– Il manque le personnage de Juan !

– Hmm, comment dire…? En fait, on n'a trouvé personne pour jouer son rôle.

– Ah.

– On dira que c'est un personnage de langue morte.

– Voilà c'est très bien, ça ne veut rien dire mais c'est très bien.

– Cette fois-ci c'est bon?

– Lumière!

– (Attendez, il y a un trou sur le rideau.)

– (Maniaque.)

★

Madame la narratrice,

En ce jour anniversaire de la naissance du personnage de fiction dénommé Catherine, nous sommes dans le regret de vous annoncer votre licenciement. Il est inutile d'en préciser les raisons : comme vous le reconnaissez vous-même, vous avez échoué à mener à bien votre mission à la date prévue. De plus, si la perte de confiance en votre employeur n'est pas en soi une cause suffisant à fonder la rupture d'un contrat de travail, nous nous permettons d'attirer votre attention sur le fait que votre attitude suspicieuse et agressive n'a pas été de nature à nous inciter à vous accorder un délai supplémentaire. Nous allons donc dès maintenant

confier la tâche dont vous aviez la charge à une
nouvelle recrue, autrement plus compétente que
vous ne l'avez jamais été.

Cordialement,
La direction.

ENTRACTE

Pendant lequel on apprend que Catherine est morte et que l'auteur se décide enfin à livrer aux lecteurs quelques clefs sur les tenants et aboutissants de l'histoire.

Si vous auriez aimé que tout cela commence par le commencement, allez en 7 *pour vous renseigner sur les circonstances dans lesquelles Catherine est née.*

Si vous désirez consulter le manuscrit véritable du Roman de Catherine *afin d'en savoir plus sur le genre de personnage qu'elle était, allez en 8.*

Si vous avez surtout hâte de constater la mort de Catherine de vos propres yeux, allez directement assister à son enterrement en 9.

117

Si vous vous inquiétez de ce qu'est devenue la narratrice licenciée, allez prendre de ses nouvelles en 10.

Si vous pensez que Catherine n'est pas du genre à mourir sans ressusciter, allez vérifier la justesse de votre intuition en 11.

Si vous vous demandez comment diable Catherine a-t-elle finalement trouvé la mort, allez faire votre deuil en 12.

Si vous ne comprenez toujours rien, allez chercher des indices dans les documents cachés en 13.

Sinon, pour les plus téméraires, il y a aussi une FAQ et une notice d'utilisation tout à la fin de l'ouvrage.

Bonne chance à tous.

DEUXIÈME PARTIE

7.

Les mains souillées Lady Macbeth je détourne
les yeux, le drap lavé lavé lavé ne sera jamais assez
blanc il est loin le temps des herbes fraîches et des
nappes mouchetées. Ce va être hideux ce va être
hideux je n'ai pas le choix, fuyez tant que vous le
pouvez nous allons tous nous asphyxier, la robe
funéraire est à tisser d'orties sans virgules mes
frères sont des cygnes je ne sais pas chanter, ne pas
laisser un seul centimètre carré de chair vierge pas
un seul espace de nudité, les interstices nécrolo-
giques doivent être intégralement recouverts,
habillés.

Car elle est morte. Là. Oui là, diapason
enfoncé dans les oreilles ses tympans ont crevé,
alors dire maintenant sa naissance. Non pas crier
juste chuchoter murmurer comment sous la ten-

ture le paravent, le propos déborde je ne puis éco-
per l'eau la petite pelle de bois est percée. Heureusement, j'ai mes gants chirurgicaux un tabouret de
bar et une orange pressée pour procéder à l'exposi-
tion spartiate des faits, cherchez l'équivocité infan-
tile de la nidification protéiforme je fais bien illusion n'est-ce pas, on dirait vraiment que je raconte
n'importe quoi. Alors que : je suis très fidèle, il y a
un Beretta 92 braqué contre ma tempe – c'est ma
dernière concession.

★

LUI. – Dis-moi franchement : tu crois que je
suis un *junkie*?

MOI. – Pas plus que moi en tout cas!

LUI. – C'est bien ce qui m'inquiète, de te sem-
bler normal justement à toi.

Inspirer lentement. Manger une figue. Mordre
son extrémité. Y enfoncer les ongles la séparer en
deux. Délimiter une petite section avec les dents.
En aspirer la chair la mettre en bouche. Racler la
peau dénudée avec les incisives. C'est ici, à la
racine, que la figue est le plus sucrée. Écraser la
pulpe avec la langue. Boire le jus ainsi pressé. Faire
craquer les petits pépins sous les canines. Avaler
délicatement. Et en dernier, seulement en dernier,
manger la peau qui reste.

Puis recommencer. Quand la première moitié est terminée, entamer la seconde. Et enfin s'allonger sur le dos à même le parquet en écoutant le quatrième mouvement du *Requiem* de Fauré.

Et merde.

La perversion angélique du *Pie Jesu* n'est même pas encore terminée que déjà je suis face à. On se regarde en chiens de faïence, je n'y ai pas encore touché mais je sais que les dés sont jetés : elle a gagné. Je l'avais pourtant consciencieusement rangée tout au fond du tiroir du meuble de la cuisine, bien refermée emballée empaquetée pour que l'accès y soit le plus difficile possible, pour avoir le temps de réfléchir avant de. Mais dans ces moments-là je ne pense pas surtout pas, automate aux yeux vides gestes mécaniques, mollusque sans âme et pire encore. J'aurais dû la jeter évidemment mais je n'ai pas eu le cœur, il ne faut pas gâcher disait ma mère. Et puis j'avais décidé : si je me rationne ce n'est pas si grave, on a tous nos petits péchés mignons après tout.

Genre je la sors juste pour la regarder pour le plaisir des yeux rien que des yeux. Genre je n'en prendrai qu'un peu seulement un peu. Alors que je sais bien très bien trop bien que c'est tout ou rien, il n'y a pas d'entre-deux ni de juste un peu qui tienne quand on commence on ne s'arrête plus et on termine, dans l'espoir absurde qu'au moins, quand il n'y en aura plus, ce sera fini, pyramide inversée de Kelsen on a le sens des priorités de par chez nous, on plante les pommes de terre avec les genoux.

Enfin de toute façon maintenant il est trop tard il n'y a plus qu'à faire avec qu'à minimiser les dégâts autant qu'il est possible boire de l'eau beaucoup d'eau et surtout attendre attendre et prier, prier la sainte Vierge pour que demain ça aille mieux et qu'après-demain soit un jour normal. Je vais encore dormir une heure trente-quatre cette nuit et ce sera déjà un miracle.

Que celui qui s'est déjà réveillé en voulant se crever les yeux avec la pince à épiler en voulant s'écorcher les mains dans le grille-pain en voulant se fracasser la tête contre le lavabo, que celui qui s'est déjà dit quand on commence à compter les jours sans quand on commence à s'assurer qu'il y a pire soi que c'est qu'il est déjà trop tard, que celui qui s'est déjà parjuré mille fois brisant ses promesses empoisonnées intoxiquées jamais tenues, que tous ceux-là m'aiment et me suivent, tous à Orléans, allons défaire les Anglais !

MOI. – Sérieusement, je te jure que ça va, je les vois moi, les gens qui partent vraiment en couille, on n'en est pas là nous, on bosse, on a une vie normale, quoi.

LUI. – Le truc c'est qu'à force, les critères de normalité se déplacent, et on perd la conscience de ce qu'on fait.

MOI. – À mon avis, tant qu'on est capable de tout arrêter pendant une semaine, ça va.

★

Au commencement, nous étions à cette époque encore unifiées agglomérées emballées dans le même hydrate de cellulose diaphane, il y eut un décret claironné intérieurement : étant donné l'échéance le couperet la malédiction qui plane il convient avant de dépérir de se faner de se transmuter en pâle figurante, de vivre de vivre de vivre violemment, et notamment, conclusion nécessaire élaboration rationnelle, de profiter au plus vite de toute urgence très rapidement immédiatement là oui là sur la table à manger du salon la nappe est en toile cirée ne t'en fais donc pas pour les taches, de tous les personnages masculins à portée de main. Ils étaient des écrans des surfaces blanches des supports vierges, maillons d'une chaîne claquante clinquante à s'enrouler autour des intestins, s'embrasser et s'étouffer ont toujours été des verbes cousins. Ils étaient des auxiliaires à émotion réacteurs à implosion différée, des branches creuses auxquelles se raccrocher pour mieux chuter. Ils étaient de l'eau adjuvante pour animer la meule pour moudre les grains écraser mon cœur en farine piétiner mes amygdales en scarlatine, mais nous galopons à faux et projetons trop loin nos sabots asymétriques, tirons sur la bride et faisons une courte halte pour décrire le champ d'obstacles, ne vois-tu point cette jolie cascade? Car ce qui compte ce qui importe, c'est que subitement et urgemment il fallut dresser un château enchanté un bateau disloqué un radeau infecté, cadre spatial décor martial qui se frotte aux cloisons n'en décollera pas le givre court vite sur les doigts, pour y disposer bataille navale petites croix de guerre fluviale les pions à jouer, dans notre besace il y avait de la passion fiévreuse de la compassion aphteuse des preuves compromettantes des épreuves harassantes des chantages à espérer des mariages à fracturer, il fallait du jeu et de l'enjeu des cartes et une mise du songe et du mensonge des dilemmes et des baptêmes du crime et de la culpabilité, c'était le sens exact du terme châtiment, il fallait du roman.

★

LUI. – Tu es sûre que ça va aller?

MOI. – Mais oui, je peux rester un quart d'heure toute seule quand même, la pharmacie n'est pas à trente kilomètres que je sache.

Porte qui claque poitrine qui résonne à cent à l'heure secouée par mon pouls déchaîné thorax emmailloté écrin d'acier enserrant jusqu'à mon cou dieu que j'ai froid. Souffler attendre patiemment et surtout ne pas se regarder dans le miroir, mes omoplates écartelées comme un grand ours blanc au strabisme divergent, ce n'est qu'un détail.

La salope.

Hier elle a encore passé commande puis est rentrée sourire aux lèvres avec ses petits sachets plastique sous le bras. Oui, plusieurs. Et moi la main sur la bouche le regard affolé je me suis dit on sait très bien comment ça va se terminer cette histoire, ce n'est même pas encore commencé que c'est déjà tout vu. Malgré la catastrophe programmée j'ai quand même fait semblant, j'ai dîné tranquillement l'air de rien assise dans le sofa bleu du salon j'avais même découpé le gruyère en petits cubes avec des couverts propres pour faire comme si tout allait bien c'est dire, et ensuite eh bien ensuite.

127

Au fond je pourrais aussi bien commencer à attendre à partir de demain, on dirait qu'hier et aujourd'hui forment une seule et même journée personne ne remarquera le subterfuge quel subterfuge d'ailleurs que me chantez-vous là les heures les jours les semaines toutes ces unités temporelles ce n'est qu'une question de pure convention certains calculent en lunes et d'autres en moissons moi c'est par quarante-huit heures point final.

Non. Dépasser le maintenant sortir de l'immédiateté et je serai fière oui fière, d'autres ont surmonté bien pire alors ce fil de fer qui m'étrangle la taille je peux bien le supporter encore quelque temps.

Il fait lourd aujourd'hui, pas vrai? Puis drôle de truc quand même que ce chat albinos qui miaule avec toute cette suie sur les moustaches, ça ne doit pas être bien confortable cette affaire-là, il faudra penser à lui acheter une corde. En revanche, pourquoi avoir bloqué la porte de ma chambre et avec des poteaux électriques moi aussi je veux avoir le droit de venir je n'aime pas dessiner, ma mère est partie vivre en Finlande avec un gros monsieur il travaille dans la pâte à modeler je crois, ce magnétoscope n'est pas compatible PAL-SECAM c'est un ancien modèle alors ce n'est vraiment pas la peine de vous acharner vous comprenez? Et faites donc taire cet animal que veut-il à la fin c'est tout bonnement dégoûtant ces sueurs froides, ah non c'est le frigidaire qui sonne pardon, j'espère que ce n'est pas contagieux au moins. Cela étant dit, je reprendrais bien une livre de poireaux c'est pour offrir ma sœur donne un récital, on pourrait en profiter pour acheter une machine à laver depuis le temps qu'on en parle non, ce serait bien plus pratique pour laver la housse du chat?

LUI. – Ça n'a pas marché. Tu crois que tu vas tenir le coup?

MOI. – Mais évidemment, je me sens beaucoup mieux tu sais.

★

Il jaillit fut excavé de cette façon une source une fontaine un cours d'eau chargé d'un tas de débris résidus passés, nature difficile à définir, foulards ensanglantés confessions lacérées brûlées verrous brisés rouillés, coquillages mollusques hiboux empaillés, petits cailloux tranchants acérés, j'enjolive un peu exemples paradigmatiques sans abstraction sans figuration nous n'irons pas bien loin, le fait est que dans l'arrière-boutique derrière la scène dans les coulisses au second plan il y avait. Des lettres rédigées. Des correspondances échangées. Des comptes rendus élaborés. Adressés à écrits pour tournés vers, vers, vers, pas n'importe qui, non. Récits minutieux états d'âmes épineux, détails des nuits troubles examinés à la loupe. Composés à l'attention de, tends ce bras plus avant il suffit d'appuyer sur la gâchette, et confectionnés avec méthode s'il vous plaît, exposé rhétorique argumentation dialectique pragmatisme clinique séries mathématiques, à moins que la littérature comparée ne soit notre meilleure alliée quel enseignement à tirer des écrits de Lev Tolstoï? Envoyés à, prends garde la bave te coule aux commissures des lèvres, à, à, à, yeux révulsés blancs faisandés, admiration tentation lassitude hébétude que le meilleur gagne est-il l'homme de ma vie, il a l'air quand même un peu distant et relativement psychorigide comment choisir. Destinés à, acceptation résignation principe de réalité la passion n'est-elle pas forcément adolescente je suis peut-être un peu vieille maintenant, rédaction acharnée messages démesurés, offerts reçus rendus recrachés par pour avec en compagnie de, oui de, des, des, elles étaient au nombre de trois. Autrement dit, Catherine la grande amoureuse l'héroïne passionnée la fiancée éternelle qui se serait damnée crucifiée mutilée pour l'homme aimé est, il faut bien le dire l'avouer gorge en lambeaux œsophage déchiqueté goéland essoufflé le gosier infesté de vipères, objectivement et factuellement une affaire de *Hop pardon je ne fais que passer.* Cependant nous n'y

130

sommes pas encore : à l'époque où nous nous situons le fleuve discursif n'était pas sorti de ses gonds bien que les flots enflassent grossissent de jour en jour comme un nez au milieu d'une figure comme un bulbe à la racine d'une fissure, taupe creusant ses galeries à coups de griffes houle lexicale fouettant les récifs, la faïence est une terre bien trop poreuse pour faire office de parapluie, nous étions prévenues.

★

LUI. – On devrait freiner un peu, tu ne crois pas ?

MOI. – Ah non tu ne vas pas encore essayer d'arrêter tu vas devenir insupportable.

LUI. – Je dis ça pour ton bien aussi, on ne pourra pas éternellement continuer comme ça.

Tac je marche dans la rue pierre qui glisse n'amasse pas mousse dans mon ventre, étau qui se resserre murs piques de fer de pire en pire : c'était un choix oui un choix. Puis je monte les escaliers où je voudrais à la manière des amants éméchés m'arrêter ouvrir déchirer les petits sacs mes petits sacs adorés mais non, je me retiens héroïquement, avec un hiatus. À quoi bon je ne sais pas car rien n'y fera rien.

C'était une de ces nuits terribles où l'on perd toute raison où parce qu'il fait noir on oublie toutes les règles, animale je regarde les particules blanches sur ma veste que je n'ai même pas pris le temps d'enlever on dirait que je me suis vomi dessus et sincèrement j'aurais mieux aimé.

Une seringue je voudrais une seringue ce n'est pas pour ce que vous pensez je vous jure, c'est pour aspirer tous ces petits graviers coincés dans mon dos ça me gratte.

Je viens de passer devant la porte entrouverte du salon j'ai posé les yeux sur l'accoudoir du sofa j'ai cru que c'était la main d'un cadavre j'ai eu peur j'ai même sursauté mais très nonchalamment. Alors conceptualisons montons en généralité et affirmons-le distinctement : il n'y a plus aucune différence entre moi et la poubelle.

MOI. – Ce que tu es bien-pensant, c'est dingue.
LUI. – O.K., alors je reformule : à deux, ce serait plus facile.
MOI. – En fait je vais te dire, la vérité c'est que toi tu as un problème de dépendance, alors ça te travaille, et tu plaques ça sur moi.

★

Lorsque l'existence précédente fut suffisamment piétinée infractions transgressions violations pour éclater en mille morceaux, ceux-là loin de se disperser par-delà les monts et les vaux vinrent se ficher tout droit dans un conduit menant au ruisseau souterrain, lequel ronronnait déjà de plaisir, tant de choses à se raconter ça crée des liens. Et le drame, le moteur de l'action, se déplaça définitivement ailleurs à l'ombre des correspondances en fleur, trois lettres de neuf pages standard caractère douze interligne simple par jour, démonstration plaidoirie soutien aval assentiment, c'était devenu un travail à plein temps. Toutefois les jours passant le canal s'élargissant, le contrat devint complexe les figures devinrent convexes, ligotées dans nos sangles épistolaires nous cherchions recherchions la fiole le remède l'antidote, il a dit il a fait il a ajouté il a soupiré il a il a il a qu'en penses-tu que me conseilles-tu, peut-être en détaillant encore plus avant il fera plus clair nous avancerons mieux dans la pénombre de la connaissance des tiers ? Et nous poursuivions décrivant encore plus précisément encore plus méticuleusement je suis si chanceuse que tu sois là pour me tenir la main, une analyse complète et objective de l'histoire seule permettra d'en extraire le sens véritable cela ne fait pas de doute n'est-ce pas, à moins que ce ne soit pas le bon angle d'attaque essayons-en un autre pourquoi pas ? Et encore et encore, nous passions au crible au scanner à la centrale nucléaire soupirs refus cadeaux menus il ne boit plus de café depuis mardi dernier tu crois que cela signifie qu'il va me quitter, tous les éléments de l'affaire tous les ingrédients du mystère je suis si chanceuse que tu sois là pour sangloter avec moi, triturés malaxés remâchés régurgités poules hystériques battant des ailes à la lumière vacillante des chandelles, nous devions bien être dix dans cette chambre pour deux. Mais trop de points de vue possibles trop d'interprétations plausibles les événements variaient s'étiraient se déformaient sans cesse sous nos mots toujours réagencés sous nos théories toujours remodelées, la fiction était patente l'expérience était mouvante le récit l'enchâssait, il prit son autonomie la rivière déborda de son lit. Pas d'un coup brusquement sans crier gare, pas de mouchoir blanc agité sangloté sur le quai d'un train emmenant le verbe dans un autre pays, non. Cela advint sans rupture sans basculement clair, un beau jour simplement le discours se délesta de ses chaînes, plus attaché à la réalité mais parti envolé loin dans le ciel relié à rien, ballon sans ficelle entité autonome et fin en soi, désormais vivre pour pouvoir raconter rapport de causalité inversé.

★

LUI. – Tu veux une pomme ?
MOI. – Non.

Cette nuit je l'ai passée l'estomac essoré par la main d'acier d'une géante stalinienne et ce matin j'ai pleuré beaucoup. Maintenant je fume cigarette sur cigarette les cuisses sciées en deux par le carrelage orange.

Tu me brûles les doigts tu pièges mon sac tu m'empoisonnes je disais, si près de moi je n'ai aucun chance de gagner la partie est inégale c'est vraiment dégueulasse je disais.

Bénie l'époque du manque heureux qui comme Ulysse était attaché au mât pour résister au chant des sirènes je disais, la noblesse est dans la maîtrise le renoncement l'ascétisme libérateurs je disais.

Conneries. Et pourtant pour rien au monde je ne reviendrais en arrière.

LUI. – J'ai fait quelque chose qu'il ne fallait pas ?
MOI. – Non.

★

135

Une fois échappé libre affranchi le langage souverain fit sa toilette du haut de sa branche, il s'ébroua lissa ses plumes les remit en place une par une, je veux être beau je veux être précieux je veux être superbe, que la douleur soit brillante que les plaies soient éclatantes que les tourments soient nobles, clamait-il les ailes recouvertes de goudron et de sang, la plastique est tout ce qu'il reste aux destins chancelants. Or le discours autonome n'est pas un animal domestique comme un autre, et lorsque le premier rôle masculin prit ses distances tu crois qu'il va changer d'avis reconsidérer sa décision il a dit il a dit il a dit il m'aime peut-être un peu je rate vraiment tout décidément, celui-là refusa de réintégrer ses quartiers de reprendre place dans sa cage dorée. Au lieu de cela, il se résolut à se doter d'un nom et d'une voix, d'une protagoniste et d'un point de vue, se baptisant se couronnant s'intronisant dans les marécages brumeux de la forêt sous-marine, Catherine sera mon héroïne et je lui offre en douaire coutumier un narrateur omniscient, il sera sa parure sa fourrure son plus doux sacrement pour s'avancer par-devant l'autel, nous écrirons ensemble l'*Anna Karénine* des temps modernes. Nous avions beau essayer de les rappeler de les héler de les pourchasser, encore une fois je ne suis que la cinquième roue du carrosse j'ai comme une impression de déjà-vu, ils n'en faisaient qu'à leur tête Catherine s'en donnait à cœur joie, s'il pense à te quitter c'est bien parce que je suis viscéralement une tragédienne, si tu réfléchissais un peu parfois. Revenez enfin mais revenez je vous attends à la lisière du bois, ce n'est pas à vous de déterminer ce qu'il m'arrivera ce n'est pas à vous d'arbitrer pour moi, au secours des colons des envahisseurs des chevaliers conquérants armés de machines à écrire catapultes, êtes-vous pacifiques êtes-vous chimériques pourquoi le stylo me glisse-t-il des mains phalanges huileuses qu'on ausculte? Alors les îlots de réalité déjà bousculés déjà détachés voguant à la dérive se brouillèrent opaques invisibles, irruptions injonctions perturbations elle était installée aux commandes dictant énonçant épelant ce qu'il convenait de faire, séisme psychique fission linguistique, le futur proche se déclinait au passé simple et nous nous promenions à la troisième personne du singulier. En un mot, Catherine bien que mal-née malmenée boitillante, héroïne sans le mot cadavre sans ouvrage princesse sans tombeau figure sans lignage, écrasait l'hôtesse en peau de chagrin interférences diluviennes conférences endogènes, des voix dans ma tête faut-il leur obéir je reçois un compliment faut-il sourire faut-il rougir, et de bonne grâce oui de bonne grâce nous lui cédions la place elle était tellement plus romanesque, reconstruire les digues eût été vain saint Sébastien transpercé de flèches, la crue était résolument en bon chemin du poison suintait par les brèches.

137

★

LUI. – Tu sais, les acteurs ce sont les pires. Ils sont fourbes simulateurs et faux, ils vivent dans le mensonge permanent ne sont qu'illusion et poudre aux yeux.

MOI. – Ah bon.

Les cheveux mouillés lissés pointus griffant mes épaules les mains durcies osseuses posées sur le portail de fer forgé je frappe encore une dernière fois : laissez-moi entrer laissez-moi entrer.

Pas de réponse.

Mal de tête. Celui de la cavité frontale oui là juste là en haut devant. Celui qui signifie au propriétaire du corps : tu as gravement fauté tu as reposé le pied en territoire défendu le seul que bon gré mal gré tu avais réussi à ne pas violer depuis bien longtemps, tu as fait la plus infâme des choses celle qui signe le renoncement absolu à toute forme d'humanité parce que rien ne justifiait ça, rien. La gorge aussi fait office de rappel, elle est serrée comme angoissée mais ce n'est rien, juste les ganglions un peu gonflés glandes salivaires en surrégime attention à l'hypokaliémie penser à boire de l'eau riche en potassium. Enfin le sang craché,

Marguerite Gautier a décidément trop ri ce soir, vient utilement parachever le tableau au cas où on aurait encore eu des doutes sur l'origine du malaise.

Le corps fatigué, on va dire lascif pour faire bien, je passais pour presque voluptueuse accrochée à des bras qui me sauvaient d'une deuxième chute possiblement fatale étant donné l'état des forces ioniques de mon système nerveux. Et je remarquais mentalement : encore une fois l'expérience sensible le prouve dès lors que le sable a été ingéré toute la machine déraille désormais je me rappelle parfaitement pourquoi je m'étais promis jamais plus jamais ça en particulier, mon sourire béat masque je crois fort utilement la tension de mes mâchoires crispées, heureusement qu'il est de bon ton de nos jours d'avoir des sueurs froides lorsqu'on est une femme, et nue qui plus est.

LUI. – En plus ils ne vont pas au paradis.
MOI. – C'est con.

★

Prédictions oracles prophéties, puisque Catherine est irrémédiablement malheureuse l'histoire ne pourra que se mal finir le prince sanguinaire ne pourra que déguerpir songions-nous dangereusement penchées par-dessus bord face au miroir envoûtant des eaux torrentielles, acquiescement du narrateur omniscient qui du fond de l'étang opine allègrement du chef bien sûr évidemment pauvre gourde qu'elle va se faire larguer et toi avec, tu ne pensais tout de même pas que nous étions là pour monter une comédie burlesque? Le pronostic se révéla juste naturellement, il fallait se plier à la trame il fallait ployer sous le drame, la jeune première touchée en plein cœur cria au scandale le metteur en scène au comble du bonheur orchestra la scène finale et je et je et je inexistante sur mon strapontin bancal, mais dites-moi combien sommes-nous au juste pour interpréter l'issue fatale? De là effroi terreur contrition, nous fuîmes partîmes en terre étrangère asile neurologique pour décérébrées pathologiques, il m'a quittée affront affront affront quelle indécence oui mais au moins tu sais de quelle façon achever ton roman je n'arrive même pas à m'habiller, d'accord d'accord on ne peut pas gagner sur tous les plans. Machine enrayée capacités mentales inhibées, sans perfusion je n'ai plus d'oxygène désorganisation cérébrale la porte est-elle bien verrouillée, penses-tu que je sois malade vraiment pourtant je me sens bien je t'assure la clause rapatriement de mon assurance voyage n'est pas très claire toutefois, soubresauts rebonds tourbillons Catherine hésitait renâclait rechignait, longtemps nous agonisâmes les tripes éparpillées au milieu du salon, longtemps l'onde déchaînée coula rouge sous les ponts.

★

LUI. – Vraiment je ne comprends pas les gens qui se font du mal.

MOI. – Alors toi depuis que tu as décroché tu es devenu complètement intolérant.

Le corps toxique imbibé réclamant clémence pardon pitié, col d'aviateur bottes cinglantes cinglées je marche dans la rue me retourne : qui me suivrait m'enfermerait. Mille doigts tendus vers ma nuque, je me les sers moi-même, avec assez de verve, etc.

Juste un dernier coup ultime voyage juste pour voir encore une fois pour dire adieu, chant du cygne révérence empoisonnée salut à la foule endiablée et ensuite promis je me retire et me range, définitivement.

Réminiscences. Souvenirs convoqués. Saveurs lointaines musique familière, l'exotisme à ce stade n'existe plus. Un poison remplace l'autre comme le client remplace le client, les yeux en amande drôlement ouverts sur les côtés, veines torsadées engelures de peau cage d'escalier, ne pose pas de questions. Vas-y, jusqu'au bout puisque tu y es déjà de toute façon. Jusqu'au bout j'ai dit. Et tu paieras. Cher. Mais c'était le prix convenu – il ne fallait pas signer si ça te posait un problème.

LUI. – Il suffit d'être à l'écoute de son corps, de ses besoins, c'est facile pourtant.
MOI. – Écoute, je ne sais pas. Il y a peut-être des personnes pour qui c'est un peu plus compliqué.

★

Au final, comme le lit sablonneux désertique ce que je nomme rouge certains le perçoivent bleu arctique les séquelles furent creusées profond, prudence méfiance la syntaxe est toxique le discours est maléfique, c'était la quarante-deuxième tentative pour relater l'apparition de Catherine, j'étais sous bonne garde coincée sous son cadavre. Car même trépassée expirée elle ne cessa de nous harceler de nous supplier murène tentatrice sirène délatrice, parle un peu de parle un peu de, non non non le moins possible ce n'est pas un éloge funèbre je ne suis pas ta biographe, et puis tu as déjà ton roman épitaphe.

8.

Le Roman de Catienne — p152

Vous plairait-t-il, mesdames, messieurs, d'entendre un très long conte d'amour et de mort? Assurément non, car vous n'avez pas le temps, vous devez aller chercher vos enfants à l'école et ensuite passer au pressing. Toutefois, si dans le hall d'entrée du funérarium vous vous ennuyez ferme en attendant la mise en bière, écoutez donc les aventures de la défunte Catherine, qui au péril de sa vie aima sans retour le champion du désamour.

*

« L'âge de vingt-cinq ans est pour les femmes comme un solstice d'été : n'ayant encore rien perdu de leur beauté mais ayant déjà acquis quelque connaissance leur permettant de soutenir une conversation, elles se situent alors au zénith de leur

143

pouvoir de séduction et suscitent l'intérêt de la grande majorité de leurs congénères masculins. Cependant, à l'image du soleil qui commence à perdre de la hauteur dès le lendemain de la Saint-Jean, elles assistent au cours des années suivantes à la baisse, d'abord imperceptible puis de plus en plus manifeste, de leur valeur sur le marché des relations amoureuses, le nombre des candidats à une histoire d'amour se restreignant de manière inversement proportionnelle au nombre de leurs rides et de leurs succès professionnels.

Or c'est justement à cet âge charnière où une femme cumule jeunesse physique et esprit bien formé que Catherine, peut-être parce qu'elle avait confusément conscience du fait qu'une conjonction aussi optimale de ses atouts ne se reproduirait plus jamais, choisit de bouleverser sa vie sentimentale jusque-là bien paisible : elle tomba amoureuse.

[...]

Dès qu'Ariane pénétra dans le café, Catherine lui exposa le fruit de ses réflexions.

— Tu sais, malgré toute la propagande des contes de fées qui finissent toujours bien, je pense que l'amour heureux et réciproque n'existe pas, car il est structurellement impossible d'aimer autant qu'on est aimé, commença-t-elle. Dès lors, la seule

144

liberté qu'il nous reste, mais c'est déjà mieux que rien, est celle d'opter soit pour une passion grandiose et douloureuse, soit pour le contentement tiède, fade et rassurant de se savoir aimée. En d'autres termes, si Juan tombait amoureux de moi demain, j'en serais beaucoup moins comblée que je ne l'imagine aujourd'hui, alors que je le chéris ardemment en secret.

– Je me demande si l'enthousiasme, ce n'est pas aussi une question d'âge, objecta Ariane, qui semblait peu sensible à l'argumentaire de son amie. L'enthousiasme est nécessairement moins démonstratif, même s'il n'est pas moins intense dans le fond, quand on a traversé, c'est-à-dire qu'on est rentré et sorti d'un certain nombre d'histoires.

– D'un sens oui, répondit Catherine, c'est un facteur à prendre en compte, je le vois bien. Mais alors, si c'est une question d'âge, que faire à ton avis, est-ce que tu crois que cela peut changer, qu'il est encore capable d'aimer autant que moi? demanda-t-elle, l'espoir d'une issue heureuse la conduisant déjà à oublier son pessimisme quant à la possibilité d'un égal investissement affectif de deux partenaires amoureux.

– Franchement, j'ignore comment il pourrait changer. Le passé qu'il n'arrive pas à oublier, l'importance soutenue accordée aux chiffres et aux dates, l'habitude de trier ses vêtements par couleur, le syndrome célibataire d'appartement dans sa prison urbaine dorée, la petite raideur du bassin si caractéristique, la manie de toujours vouloir avoir raison… tout ce que tu en dis me fait penser qu'il est figé, gelé dans une perfection stérile. Il est bien, mais il est bloqué, et tout ce que tu peux en faire, c'est l'accessoiriser, jouer avec. Mais une véritable histoire d'amour, ça non, sincèrement je n'y crois pas.

– Je suis donc dans une impasse, encore une fois.

– En fait, je crois qu'on tombe amoureux quand on n'arrive pas à décoder la structure pathologique de l'autre. On bute dessus, on ne la voit pas, et pour cette raison, on pense faire face à la personne parfaite !

– Il faudrait donc que je sois plus mystérieuse, moins facile à cerner. De cette manière peut-être, dérouté, intrigué, il tomberait amoureux. Mais il ne m'aimerait pas pour ce que je suis.

– Toi, l'aimes-tu pour ce qu'il est ?

– Je n'en sais rien en vérité, avoua Catherine, je le connais si peu.

Cependant, si elle avait eu le réflexe de soulever les couches supérieures de son épiderme psychique, Catherine aurait su qu'en réalité, si elle était fascinée par Juan, c'était bien parce qu'à côté de ce blockhaus sentimental, elle avait la certitude absolue de ne jamais être aimée.

[…]

Malgré les mises en garde répétées de ses amies, Catherine se décida à dévoiler ses sentiments à Juan, puisque depuis l'épisode du baiser échangé à l'hippodrome, c'était en toute logique à elle de faire un pas sur ce terrain-là. Se conformant à la lettre à la représentation qu'elle avait de la femme aimable par excellence, elle avança à petits pas, sourire aux lèvres et regard pétillant.

– Je suis vraiment ravie de t'avoir rencontré, tu es quelqu'un de très particulier, tu sais, commença-t-elle, pour tâter le terrain.

– Toi aussi, tu es une personne très spéciale, tu es légère et joyeuse, légère sans être inconsistante, c'est peu fréquent.

Elle marqua une pause pour se délecter de ces propos qu'elle interpréta comme autant d'encouragements, puis se jeta à l'eau.

– Et bien tu vois, je suis tellement légère que je crois que je suis tombée amoureuse de toi, lança-t-elle sur un ton qui se voulait malicieux, mais qui ne sonnait pas aussi naturellement qu'elle l'aurait souhaité.

Juan attendit quelques secondes avant de formuler sa réponse, moments de grâce pendant lesquels elle savoura à la fois la fierté d'avoir été si courageuse et la joie de laisser venir l'accueil favorable qu'il réserverait à sa déclaration. Elle s'amusait même, à la manière dont on se délecte dans les montagnes russes du frisson de la mort tout en sachant pertinemment que le danger n'est pas réel, à se faire peur en imaginant qu'il ne lui ferait pas part de la réciprocité de ses sentiments.

– Alors ce n'est pas léger, mais grave, commenta-t-il tout d'abord, paraissant tenter de gagner du temps. Moi, je tiens vraiment à toi, finit-il par dire, la décevant terriblement.

La messe était donc dite : elle l'aimait, il ne l'aimait pas. Transpercée par une souffrance atroce, Catherine passa le reste de la soirée un poignard invisible planté entre les omoplates, tout en s'évertuant à conserver un sourire crispé de douleur. Dans ces conditions, son esprit sujet aux inflammations ne pouvait que sombrer dans un désespoir profond, toute attitude de Juan étant interprétée de façon à nourrir l'angoisse déchaînée que Catherine portait en son sein.

[...]

Déboussolée par ce qu'elle venait d'apprendre au sujet de la précédente fiancée de Juan, Catherine entreprit de demander encore une fois conseil à Ève.

– Juan est un indécrottable sadique doublé d'un masochiste, s'il voit qu'il peut te faire du mal, il n'hésitera pas, même si c'est inconscient, entonna Ève, impitoyable. D'où, probablement, l'histoire qu'il t'a racontée au sujet d'Isabelle, parce qu'à mon avis ce n'est pas vrai, poursuivit-elle, n'ayant peut-être pas tout à fait conscience du choc que ses paroles causeraient à son interlocutrice.

– Tu crois vraiment qu'il ne m'a pas dit la vérité au sujet de sa rupture ? articula doucement Catherine, écarquillant les yeux tant par surprise que pour exposer ses pupilles à la violence de l'image d'un Juan menteur.

– Je ne sais pas s'il a menti, mais ça ne m'étonnerait pas. De toute façon, ce qui doit être vrai, c'est qu'il n'y a pas eu de véritable rupture entre eux, parce qu'il est incapable de se séparer. C'est un paresseux, il attend toujours que les femmes le fassent à sa place, c'est lui-même qui me l'a dit.

Catherine resta songeuse un moment. Que voulait donc dire Ève, au juste ? D'un côté, elle laissait entendre que son amant pouvait avoir menti, et de l'autre, elle affirmait pourtant que l'essentiel, à savoir le caractère involontaire de sa séparation, était véridique. À moins que, étant également proche de Juan, elle ne puisse lui livrer complètement le fond de sa pensée ? Si elle paraissait incohérente, c'était donc peut-être parce qu'elle tentait d'aider Catherine sans pour autant trahir son ami ? Se refusant à la pousser dans ses retranchements et à risquer par là de la mettre en porte-à-faux, elle ne releva pas la contradiction.

– En tout cas, je suis vraiment, vraiment très déçue, reprit Catherine. Tu sais que je me surprends même à espérer une réapparition d'Isabelle, à grand renfort de scènes dramatiques, pour qu'ils en viennent à une rupture digne de ce nom et avoir droit à une véritable victoire sur elle?

– N'y compte pas trop, ma cocotte. Il a trente-cinq ans, mais il fonctionne comme un gosse, il est peureux, il se laisse porter au gré des événements, donc si jamais elle revient, il ne sera pas capable de lui dire que c'est terminé, et encore moins de lui révéler qu'il a une autre liaison. Alors quand je vois ce qu'il se passe entre vous, je pense que tu dois juste profiter, mais que ton attachement est un leurre dont tu riras dans quelque temps, poursuivit Ève avec un sourire moqueur. Vraiment, je ne vois pas pourquoi tu te fatigues, d'ailleurs je ne comprends pas pourquoi une fille belle et intelligente comme toi s'intéresse à quelqu'un comme lui, ajouta-t-elle, parachevant de faire de Catherine une Titania éprise d'un Bottom.

– Si mon attachement est un leurre? Sans doute, mais tous les attachements ne le sont-ils pas? répliqua Catherine, sachant qu'Ève ne pourrait la contredire là-dessus. Cependant, compléta-t-elle, ça n'enlève rien à l'importance qu'elle revêt dans ma vie et à la force des émotions qu'elle me procure.

– Disons que ton attachement est une création de ton esprit qui a besoin de torture pour aller jusqu'au bout. Car après tout, tu ferais quoi, avec

Juan, si tu ne jouais pas à la torture? Et puis tu crois qu'il sait faire autre chose? Cependant, je maintiens qu'il ne mérite pas une femme comme toi, car malgré toute ta bonne volonté, tu ne le sortiras pas de sa maladie et tu ne feras que t'attacher un boulet au pied. C'est un ingénieur, un mathématicien, ne l'oublie pas! Mais je sais bien qu'en te parlant ainsi, je te jette dans ses bras, car tu es trop fière pour supporter qu'un homme soit mou dans ses sentiments vis-à-vis de toi.

[...]

Catherine arriva à Saint Pétersbourg jeudi en début d'après-midi, accueillie par un grand soleil et une ville enneigée. La première chose qu'elle fit après avoir pris possession de son appartement fut de vomir dans les toilettes, ce qui lui procura un grand sentiment de soulagement. Ensuite, elle se mit à pleurer à la pensée que cette fois-ci, l'histoire avec Juan était véritablement liquidée, comme si l'éloignement géographique entérinait la rupture. Puis elle s'effondra sur le lit, pour dormir d'un sommeil étrange, profond à en être inquiétant.

Le lendemain, elle se réveilla le corps engourdi et la tête douloureuse. Contrairement à ce qu'on lui avait assuré, le changement de cadre ne l'aidait en rien à se sentir mieux. Au contraire, il aiguisait sa douleur plutôt que de l'estomper. Enfin, à supposer que la quantité de chagrin à subir soit fixe, c'était plutôt une bonne nouvelle : elle allait donc bientôt en avoir fini. Elle décida alors de se rendre à la gare de chemin de fer pour voir de ses yeux, au moins une fois dans sa vie, cet endroit mythique où Tolstoï avait décidé d'ouvrir et de clore le destin de la plus célèbre de ses héroïnes. »

★

    — Elle a fini par s'autopersuader que Catherine s'épuisait là-dedans, mon Dieu.

    — Tss, tss, tu te méprends ma chère, tu te méprends.

    — Si au lieu de te bourrer la gueule l'autre soir, tu étais venue à l'enterrement, tu ne dirais pas ça !

    — Quelle discrétion dans l'annonce du prochain chapitre, non mais vraiment, bravo.

    — Heureusement qu'on a dit que ça pouvait se lire dans tous les sens.

9.

« Couronne de houx emmaillotant ma poitrine
que vais-je faire de tout cet amour qui me tombe
des mains ? »

– Ah non ah non ah non, ce n'est pas dicible !
– Pas ainsi en tout cas.
– D'aucune façon, ma belle.
– Alors reprenons un peu plus haut.
– Si ça peut te faire plaisir.

Une armée de clowns militaires bottés casqués
de rouge avance sur le pont-levis les bras pointés vers
le ciel tandis que l'eau fluorescente coule doucement
dans les douves autophages comme un dispositif
tubulaire de don de plasma, on vous prend votre
sang on vous le rend ni tout à fait le même ni tout à
fait différent, juste amputé ce n'est rien. Il fait beau

très beau, à la limite de l'indécence. Et moi derrière un peu loin très loin du château en vérité, robe noire de circonstance regard à l'horizon. Avec de la dentelle en dessous, il y a des choses sur lesquelles on ne transige pas, peu m'importe quel jour nous sommes. Et moi un peu plus tard, penchée sur la tombe le dos courbé comme une religieuse pliant sous le poids de sa coiffe bigoudène, il faut bien se recueillir je n'ai même pas apporté de fleurs. Et enfin moi encore plus tard, agenouillée dans le sable brun qui m'écorche la peau et les larmes ruisselant sur mon visage, couronne de houx emmaillotant ma poitrine que vais-je faire de tout cet amour qui me tombe des mains indicible et sans procès, car même morte éradiquée scotomisée je continue continuerai : on peut tuer qui nous plaira les puces encastrées dans le cerveau y restent à jamais, langues détressées et lotion anti-poux n'y feront rien, non rien.

 Hum, excusez-moi de vous déranger en cet instant douloureux je n'ignore pas que les obsèques constituent un moment dramatique à forte charge émotionnelle occasion pour tout un chacun de méditer sur le sens de la vie, cependant, comment dire, cette jolie robe empire à lacets blancs dont on l'a revêtue avant de la déposer dans son cercueil, vous croyez que je pourrais l'emporter ? Non parce que, si je peux me permettre, elle ne lui servira plus trop à elle, tandis que moi, je pourrais en faire bon usage. En plus, c'est exactement ma taille,

alors ce serait vraiment trop bête, une si belle robe, vous ne trouvez pas?

    – Toi, tu la boucles, tu n'es pas la bienvenue ici.

    – N'empêche que j'y suis quand même, héhé.

    Allez, ça ne sert à rien de rester ici, partons. Talons qui pivotent doigts qui entrelacent ceux de l'Amoureux, à qui je demande yeux interrogateurs, à ton avis si je taguais « tuer Catherine » sur tous les arbres de la forêt de Brocéliande les lutins viendraient se percher dans mes cheveux tu crois? Il répond, mais je n'ai pas le courage de vous relater le détail du dialogue, à chaque jour suffit sa peine surtout que je suis pour le partage équitable des névroses domestiques.

    – On pourrait au moins leur dire que ça concerne le titre!
    – Nan mais tu es malade ou quoi?
    – Je te rappelle qu'il est formellement interdit d'aborder ce sujet.
    – Ce serait complètement inconscient.
    – C'est le cas de le dire.
    – Très drôle.
    – Quelle bande de poules mouillées!
    – C'est ça, facile à dire, on voit que ce n'est pas toi qui es obligée de te planquer dans ta soupe dans

les dîners de famille après, je te rappelle qu'on est dans un lieu public ici.

— S'il te plaît tu me parles sur un autre ton, ou alors j'en réfère au syndicat.

— De toute façon ça n'intéresse personne cette affaire de baptême.

— La ferme, putain.

★

Page de publicité : « Facilitez la vie à vos proches en achetant dès maintenant votre kit décès à prix malin bouleau hêtre chêne merisier brut verni laqué plaqué contre-plaqué grand choix de coloris de cette façon vous aurez la certitude que votre cercueil vous ira bien au teint ce sera tellement plus seyant pour faire le grand saut, surtout qu'en la matière l'entourage a toujours des goûts de chiottes. »

★

Une fois rentrée, un ouragan lapide mon cerveau angoisse paléolithique : à présent que j'ai assassiné toutes les ressources littéraires à disposition sur mon territoire, comment vais-je subsister ? Car je ne veux pas, non je ne veux pas arrêter maintenant, j'ai trop pris goût à tout cela – vous savez bien de quoi je parle, on commence à se connaître vous et moi. Alors je cherche, assise en tailleur dans ma cellule d'isolement aveugle, je cherche désespérément le gibier la proie le butin à attraper presser étrangler, pourquoi m'a-t-on mise au quartier disciplinaire qu'ai-je donc fait pour le mériter ? Et mains écartées tendues étirées, sourcils arqués fléchis tuméfiés, je tâtonne et trouve ou plutôt crois trouver, la romance heureuse quelle belle idée sera mon nouveau champ lexical, ma revanche à tricoter au coin du feu carcéral.

★

Communiqué : comment transformer sa vie en roman à l'eau de rose ?

Loin d'être le degré zéro de la littérature qu'on croit qu'il est, le roman d'amour qui finit toujours bien exige dans sa mise en œuvre de multiples compétences et un long travail d'apprentissage. Ainsi, pour parvenir à vos fins, il vous faudra :

– forger des personnages singuliers et attachants (une femme active et belle, un homme actif et beau, des amis et collègues gentils mais un peu moches) ;

– maîtriser une structure romanesque à l'agencement précis et rigoureusement inflexible (deux personnages, une attirance mutuelle, un obstacle, un dénouement heureux) ;

157

– mener à bien des descriptions minutieuses et convaincantes du contexte de l'action (intérieurs de luxe, voitures de luxe, hôtels de luxe), ce qui suppose une bonne connaissance des catalogues de mobilier et de linge de maison ;

– construire des scènes d'amour passionnées en utilisant exclusivement des métaphores raffinées et pudiques tout en étant parfaitement explicites (il prit entre ses mains ses deux petites pommes fermes et douces, elle se mit à jouer de sa flûte fièrement dressée, etc.) ;

– ajouter à votre récit une dimension morale, de préférence relative à la condition féminine (pour être heureuse en amour, reste dans ta cuisine).

À présent que vous connaissez l'orientation générale du travail, entraînez-vous à l'aide des exercices corrigés ci-dessous.

A) Retranscrivez en détail un moment de votre vie quotidienne.

Je me lève je prends une douche il n'y a plus d'eau chaude je sors de la baignoire frigorifiée l'Amoureux arrive il me file une serviette je pousse des gloussements ravis qui se veulent être des imitations de cris de souris parce qu'il me surnomme la souris et que je ne veux pas le décevoir et ensuite on se regarde et on se dit qu'on s'aime ce qui n'a strictement aucun intérêt informatif puisqu'on le savait déjà pertinemment mais enfin apparemment on a quand même besoin de se le répéter tous les quarts d'heure.

B) Dégagez les unités narratives pertinentes du récit (cf. Vladimir Propp).

Lever – douche – problème – souris – amour.

C) En reprenant l'ossature ainsi dégagée, réutilisez les éléments à votre disposition en les resituant dans le fil d'une action plus dramatique (il doit exister un problème grave) sans être tragique (le problème doit être soluble). N'oubliez pas de créer une atmosphère voluptueuse et d'ajouter des marqueurs de classe sociale (cf. Pierre Bourdieu).

Se réveillant la première, l'esprit et le corps encore bouleversés par la magie de cette première nuit haute en couleur et en étreintes passionnées, Ashley décida, après avoir jeté un regard brûlant de désir sur le torse musclé de son bel amant paisiblement enroulé dans les draps de soie française, de se plonger dans un bain parfumé aux huiles essentielles afin de se détendre et de mettre de l'ordre dans ses pensées, secouées par de multiples interrogations : les intentions de Brian étaient-elles sérieuses ? était-il comme le suggéraient certains un espion envoyé par la coopérative des boulangers indépendants ? ou bien avait-il passé la nuit avec elle uniquement pour décrocher le poste de chef de production pain seigle-noix au sein de la *North East Corporation* ? Au moment de mettre le pied sur le tapis de bain brodé de chez *Velvet & Silk*, la réponse tant espérée vint enfin : adossé au lavabo de marbre rose, Brian l'attendait, sourire aux lèvres et douce serviette éponge en main, et se mit à essuyer tendrement chaque gouttelette perlant sur sa peau. Face à cette merveilleuse attention si caractéristique du comportement des hommes amoureux, Ashley chassa tout doute de son esprit et se laissa aller à un soupir voluptueux au creux de l'épaule musquée de Brian, qui resserra son étreinte et lui chuchota à l'oreille : Ashley, ma petite souris des blés, je t'aime. Et elle était la plus heureuse des femmes. (*Nous vivrons d'amour et de pain frais*, scène finale, manuscrit pour la collection « Pourpre toujours ».)

Maintenant que vous êtes rodé, refaites le même exercice tout seul, en essayant de rendre le texte final plus touffu et plus abouti. Notamment, vous pouvez : détailler l'apparence physique de vos héros ; ajouter des personnages secondaires (ils feront office de témoins et de caution de l'intrigue) ; complexifier la narration en mentionnant le nœud du problème dès l'ouverture ; transposer le cadre spatial de l'action dans la sphère professionnelle. Bon travail et tous nos vœux de réussite !

160

★

Cependant, je mens. Pas maintenant, mais alors devant la cour martiale, même s'il reste à prouver qu'on peut dissocier les deux temps. Oui je mens, car l'enjeu était autre, que faire de son cerveau est une question accessoire comparée à l'effondrement du chapiteau aux grosses rayures blanches et rouges, respirer sous vide est un numéro relativement délicat à exécuter. Or les cartes du palais, ou plutôt la marche sur laquelle je prenais appui paumes offertes en confiance avait été sciée dépecée réduite en confettis, et moi j'assaisonnais mon masque à oxygène avec les épices de ma nourrice paternelle, les palétuviers n'ont jamais été aussi prolifiques dans ma métropole aux rues lisses et glacées.

Pour autant, la vérité n'a en l'espèce que peu d'importance, d'ailleurs on pourrait gloser longtemps sur les photographies truquées que j'ai reçues en héritage, l'internationale dissidente est une famille merveilleuse surtout quand on est du mauvais côté du rideau de fer. La vérité n'a que peu d'importance, parce que perchée sur le buisson ardent de mes expérimentations médicamenteuses je n'échappais pas aux contraintes atmosphériques, une petite bise sur mon teint coquille d'œuf et mon esprit s'aérait comme du linge parfum lavande des bois.

★

Photographie : « Elle est étendue son visage est pâle mais frais, elle n'a pas la raideur des cadavres. Elle est étendue sa bouche est écarlate et entrouverte, la scène est ambiguë à souhait. Elle est étendue recouverte d'une bâche argentée et j'approche mes lèvres. Mais non : elle a les gencives ensanglantées. »

★

Bris de glace, bris de dents. Elles sont solides pourtant mes dents. Et longues. On ne dirait pas comme ça, car je les lime souvent. Mais parfois, elles cassent. Elles cassent quand vient le dernier mouvement de la fugue inachevée. Elles cassent quand viennent la nuée le tourbillon le forage étincelant. Elles cassent quand vient la phrase : uniquement ce qui est nécessaire, uniquement ce qui est essentiel. Ne pas se perdre sortir du chemin connu pour suivre des routes inconnues menant en terre étrangère aux villes cubiques carrelées éblouissantes retenant prisonniers les vagabonds, ne jamais oublier la leçon. Si tu peux ne pas, si tu es en mesure de vivre sans, alors arrête maintenant tout de suite immédiatement sur-le-champ.

Sombre connasse, ce n'est pas l'usine ici. Très bien, je me rends. Ça fait mal mais je me rends. En apnée. Je me rends en apnée et je pleure comme une spirale mathématique. Mon cœur se fend. Je me rends en apnée la bissectrice est plantée dans mon cœur, que vais-je devenir si elle ne revient jamais ? Et c'est là que je me suis souvenue : je m'étais fait des promesses, lorsque je me trouvais dans l'antichambre.

10.

Dans l'antichambre, je suis dans l'antichambre. Là où il ne se passe plus rien. Reléguée. Exclue, mise à l'écart. Sous prétexte que. Même pas le droit de geindre, parce que c'est censé être un honneur, que dis-je, un privilège. Elle me vire de l'affaire et s'arrange pour en plus retourner la situation à son avantage. Une mission de la plus haute importance, a-t-elle précisé. Ben voyons. Je devrais lui en être reconnaissante à l'entendre. *Elle* se sacrifie. *Elle* va risquer sa peau. *Elle* va affronter Catherine. Et moi, dehors. Éjectée de l'histoire. Pour que je puisse prendre des notes en toute sérénité, soi-disant. Pour que dans l'hypothèse où les choses tourneraient mal, il reste une trace de son identité passée qu'il lui soit ensuite rétroactivement possible de reconstituer. Si elle avait besoin d'une dactylo, elle pouvait se prendre une secrétaire, que je sache.

Mais non, il fallait que ce soit moi. Car seule moi pouvais devenir sa mémoire. Radiographie de ce qu'elle a été jusqu'à aujourd'hui et de ce qu'elle serait devenue si elle était restée à l'extérieur comme moi. Je continuerai à être elle, mais version expérience témoin. Des routes en parallèle : elle dans les lumières de l'arène, moi la voix de l'ombre, celle d'un présent déjà momifié par anticipation puisqu'on ne l'envisage que depuis un potentiel futur d'où, de toute façon, il ne sera appréhendé que comme un ensemble de données fonction-nelles, un dossier parmi d'autres dans une enquête aux archives intrapsychiques. Instrumentalisée. Comme si je n'avais rien de mieux à faire de mon temps que de me déguiser en correspondante spé-ciale au service d'une entité qui peut-être un jour on ne sait pas quand consultera mes comptes ren-dus interchroniques, j'ai passé il me semble l'âge de jouer au cours de mes longues soirées d'hiver pour lutter contre le désœuvrement ce fléau de notre siècle à je rédige des reportages civilisationnels pour les archéologues du troisième millénaire, allô ici le présent mais pour vous qui êtes dans l'avenir c'est le passé, saviez-vous qu'à mon époque on fai-sait travailler des clandestins dans les caves des banlieues huppées, ou encore qu'en Europe sep-tentrionale les carottes râpées étaient affreusement chères compte tenu du prix des tubercules sur le marché mondial ?

Elle n'a d'ailleurs rien à foutre hors du champ de ma perception, commençons par là. C'était juste une voix parmi les autres mais c'était la mienne quand même, puisque ça se passait dans ma tête, que ce soit bien clair. Qu'elle ait été la plus forte des voix, ça d'accord, qu'elle ait été la seule capable de parfois couvrir celle de Catherine, ça d'accord aussi. Ce n'est toutefois pas une raison pour se barrer comme ça subitement d'un coup, sans aucun préavis, sans aucune demande préalable d'autorisation de sortie du territoire fictionnel. Et ce afin de s'enfermer avec Catherine, dans le but de l'achever soi-disant. Parce que c'est le moment adéquat paraît-il. Je faisais fausse route raison pour laquelle on m'a licenciée, néanmoins j'avais mis le doigt sur un point important et elle si clairvoyante et lucide en a tiré les enseignements nécessaires. Mais de quelle façon exactement, là-dessus pas un mot. Trop pressée pour s'expliquer, vous comprenez. La narratrice qui décide de prendre son autonomie, on aura tout vu. Alors que c'était moi ! Un morceau de ma personne qui se détache et me nargue, on croit rêver.

Quelle salope, quand j'y pense. Cloîtrée à double tour dans une pièce sans porte ni fenêtre à laquelle personne n'a accès, pour étouffer Catherine dans son histoire une bonne fois pour toutes.

Bien joué, franchement. Et moi qui me retrouve dans cette salle d'attente miteuse avec mon pauvre filet de voix dissociée parce que naturellement elle a emporté l'essentiel du coffre avec elle, sans parler de cette mission de merde sur les bras, qu'elle m'expose d'un air très solennel, genre je te confie la flamme sacrée du temple car je dois au péril de ma vie partir cueillir un rameau d'or au fond de la grotte des sept golems aussi petite vestale prends garde à toi si jamais tu fautes si tu manques de vigilance tu peux faire une croix sur tes ambitions et te préparer à affronter le plus terrible châtiment de toute ta carrière virginale. Je t'en foutrais des rôles de sentinelle. Guichetière, oui. Gardienne de maison de retraite, au mieux. Mais narratrice de la narratrice, laissez-moi rire. Tout ça parce qu'elle flippe de se diluer. De ne plus savoir comment elle voyait les choses avant de se mesurer à l'autre. Si c'était aussi essentiel que ça, ce rôle de conservatrice du patrimoine de sa vision du monde, elle pouvait s'en charger, elle. Et me laisser rentrer. Alors si elle croit que je vais m'intéresser à ce qui se passe à l'intérieur, elle se met le doigt dans l'œil. Je ne lèverai pas le petit orteil pour l'aider même si j'entends des cris des hurlements des appels à l'aide ou quoi que ce soit, et dieu sait que les cloisons sont fines par ici. Il est déjà assez humiliant d'avoir été mise à la porte comme une vulgaire domestique, je ne vais pas en plus m'abaisser à m'intéresser à son sort au nom d'une quelconque histoire commune. Puisqu'elle est si fière d'être dans sa boîte noire, eh bien je lui souhaite beaucoup de plaisir, cependant ce ne sont plus mes affaires. Désormais, je ne m'occuperai plus que de ma personne. Je redeviendrai narratrice. Je me réapproprierai la narration. Je ne parlerai plus que de moi, procédant à une autoinvestigation méthodique visant à mettre au clair mon rapport à la mise en récit. Peu m'importe si au final, c'est exactement ce qu'elle attendait de ma part : seule l'intention compte. Enfin c'est ce que je me dis pour me rassurer.

★

Bonjour, ici Dieu. Veuillez s'il vous plaît arrêter d'ajouter des dimensions supplémentaires à votre récit. Cette affaire de narratrice de la narratrice tient du délire, cessez donc de vous autocommenter continuellement et renoncez une bonne fois pour toutes à votre fantasme d'exhaustivité car, que les choses soient bien claires : je suis le seul à pouvoir l'incarner et je commence à être légèrement agacé par vos tentatives. En outre, enfin je dis ça pour vous hein, mais vous êtes en train de pousser au suicide les quelques lecteurs qui ont tenu le coup jusqu'ici et, par ce biais, de vous discréditer complètement. Sur ce, je m'éclipse, Amen.

168

Gong
Assemblée des Voix, session extraordinaire

— En même temps il a raison.
— Il ? Qui te dit que c'est un homme ?
— Ben excuse-moi, mais tu as entendu comme moi le timbre de sa voix.
— Ça, c'est ton interprétation perso ma vieille. Chacun donne à la parole divine la texture qui lui convient : homme, femme, bisounours asexué ou grande folle cuir latex, on projette nos fantasmes et nos représentations socioculturelles tout simplement.
— Comme dans la scène finale de *1984* : la chambre des tortures incarne la pire angoisse de chacun, donc ce qui s'y trouve change en fonction du sujet.
— Sauf que dans ce dernier cas, ce n'est pas une affaire de perception, puisque la torture est bien réelle.
— Mh, à mon sens ça se discute, mais peu importe puisque justement, ce qui caractérise un régime totalitaire, c'est que l'appareil étatique s'y prend pour Dieu.
— Si on suit ton raisonnement, la narratrice aurait quelque chose de totalitaire dans sa façon d'envisager l'écriture ?
— Staline était un grand paranoïaque, ce n'est peut-être pas pour rien qu'elle l'est également.

– Ah bravo, ça c'est de l'analyse politologique de la plus grande finesse, vraiment, je te félicite.

– Bon, ça suffit, on n'est pas là pour s'embarquer dans une discussion métaphysique, aussi je voudrais bien, si ça ne vous dérange pas trop mes chères consœurs, que nous nous penchions deux minutes sur ce problème de niveaux de récit qui s'empilent indéfiniment.

– Écoute, je crois que c'est sans espoir, elle fait tout le temps ça, d'ailleurs elle est assez lucide là-dessus.

– Ouais, enfin y'a eu un seul moment où elle a légèrement pris conscience de son problème de feuilletage psychique, et encore, ça s'est fini par une sombre affaire d'imposture commerciale mêlant les services secrets au personnel hygiénique d'une chaîne de télévision, c'était pas spécialement glorieux.

– Quelle drôle d'idée aussi que d'écrire un livre, tout de même, on n'aurait pas pu faire un tournoi de ping-pong plutôt?

★

Je suis résolue à expliciter mon rapport à la production de récit, disais-je. *La distance entre auteur et narrateur est parfois difficilement perceptible, mais elle existe, ne l'oubliez pas.* C'est ce que j'aurais dû faire dès le départ, avant de me lancer dans l'assassinat de Catherine. *Cela dit vous avez raison :*

narratrice de la narratrice, c'est encore un génitif. Mais j'ai tendance à mettre la charrue avant les bœufs, vous avez dû remarquer à force.

Je ne saisis pas où est le problème, des tas de gens très bien l'ont fait et le font encore. *Génitif, géniteur, cela se ressemble d'ailleurs, vous ne trouvez pas?* Toutefois je ne citerai pas de noms, la délation très peu pour moi. *Non, hein. Tous ces jeux sur les homophonies, c'est d'un stupide. De la psychanalyse de bas étage.* Et puis il ne faut pas croire, moi aussi j'ai besoin de soutien moral et l'on n'est jamais mieux servi que par soi-même.

Mais cette fois-ci, je vais essayer de m'exprimer d'une façon simple et compréhensible pour autrui qui habite hors de mon cerveau. *Faites des calembours, ça vous permettra de résoudre vos conflits inconscients, n'a jamais dit Freud.* Ce n'est peut-être pas si difficile que cela tant que je ne m'y suis pas risquée je ne peux affirmer que c'est impossible. *Mais c'est tout comme, entre nous.* Quoique j'aie quand même de sérieux doutes le frontal intelligible par autrui ça n'a jamais été mon fort.

★

– Non mais il faut faire quelque chose, on ne peut pas la laisser se ridiculiser comme ça !

– C'est son problème, pas le nôtre.

– L'amalgame sera vite fait entre elle et nous.

– Tu proposes quoi? Qu'on ordonne aux lecteurs de s'en aller?

– Dis donc, tu ne trouves pas que l'emploi du pluriel est un brin abusif?

– Des menaces, formulons des menaces!

– Ah non ah non ah non, c'est très négatif les menaces, ça crée une ambiance de suspicion très désagréable, il faut rester dans une relation de confiance positive.

– Ouais c'est ça, je vois le truc d'ici, attention soyez bien gentils de nous obéir sinon panpan culcul, non mais tu crois vraiment qu'ils en ont quelque chose à foutre les gens, de nos consignes?

– Du calme, il ne s'agit pas d'ordonner, mais de suggérer imperceptiblement.

– Ah pardon, si c'est de la stratégie de haute volée, je m'incline je n'ai plus rien à dire, je suis à tes pieds ô grande illusionniste des salles obscures, ma maîtresse à penser. Tu veux que je te lèche les orteils en gage de dévotion?

Petite clochette

Bonjour, ici le président du lobby « pour une vie psychique saine » rattaché au bureau de la sécurité interne. Je vous prie de recentrer immédiatement le débat et de vous concerter diligemment en vue de prendre une décision pertinente, sans quoi nous allons encore toutes finir à l'asile psychiatrique, merci.

Bruits de papier froissé et de percolateur
Silence
Raclement de gorge

« Cher lecteur, chère lectrice,
Pour des raisons que, dans l'intérêt de votre propre sécurité mentale, nous ne pouvons vous révéler en l'état, nous vous prions de strictement vous conformer aux instructions suivantes.

1) Si vous êtes atteint de cécité totale (joindre le certificat médical), si vous avez fait vœu de mutisme auprès d'une institution ecclésiastique compétente (joindre l'attestation épiscopale) ou si vous êtes inapte à la vie sociale à plus de 85 % et n'avez par conséquent aucun ami (joindre les lettres de radiation d'au moins trois clubs d'amitié bridge, pétanque ou troisième âge), poursuivez paisiblement votre lecture.

2) Sinon, détruisez immédiatement toutes les pages du présent chapitre.

Nous vous remercions de votre collaboration.

Ceci était un message du Responsable de la communication avec le monde extérieur, Service marketing, pour le Parlement des Voix. »

★

Trêve d'arborescence sinueuse, on devrait se forcer à ne rien produire, voilà en vérité l'enseignement principal que je peux tirer de ces derniers mois. *Devriez-vous mourir s'il vous était interdit d'écrire?* Il conviendrait de s'attacher les mains, se priver de papier et d'encre, de tableau et de craie, de miroir et de rouge à lèvres, de bâillonner son esprit et d'étouffer sa voix, de se contraindre à rester sans bouger sur une chaise, sans aucune possibilité de faire sortir quelque pensée que ce soit de son cerveau. *Creusez en vous-même à la recherche d'une réponse profonde.* Et là, seulement là, accueillir ce qui viendrait malgré tout.

★

— Je crois que c'est bon, ils sont partis.
— En tout cas, je ne l'ai jamais vue aussi ligotée dans sa propre langue qu'aujourd'hui.
— Tu parles!

★Tiroir qu'on ouvre★
★Élastique de chemise cartonnée★
★Feuilletage de documents de papier★

« Déposition n° 34892, commissariat de Marnay-sur-Seine.

174

Motif : Voie de fait susceptible d'entraîner la responsabilité pénale de son auteur.

Je vais essayer de vous décrire les choses calmement. J'étais ce soir dans mon appartement de la rue E. allongée dans mon lit en compagnie de mon conjoint P., qui lisait tranquillement *Anna Karénine*, ça faisait des mois que je lui demandais de le faire parce que c'est mon roman préféré et que je pense qu'il est important dans un couple de pouvoir partager les mêmes centres d'intérêt, pendant que je réfléchissais. J'avais toutes sortes de pensées étranges, ce qui m'arrive assez fréquemment je dois vous dire et débouche généralement sur une crise de nerfs silencieuse se manifestant par une violente envie de me fracasser les dents sur le portemanteau de l'entrée, mais sans passage à l'acte parce que je n'ai pas de mutuelle dentaire. Cependant cette fois-ci, ma situation psychique était un peu plus grave qu'à l'accoutumée, car j'ai eu la sensation furtive mais néanmoins vivace d'être Dieu. En effet il m'est apparu que mon obsession chronique à vouloir produire sans cesse des comptes rendus exhaustifs était la manifestation d'un fantasme de toute-puissance sur le monde, ce qui est le propre de Dieu. Oui, je veux bien que vous mettiez une majuscule à Dieu, je ne suis pas croyante mais je préfère. Profondément troublée, je m'en suis ouverte à P. l'air de rien pour ne pas l'inquiéter

175

outre mesure : "Tu sais, parfois, j'ai la sensation d'être Dieu." Mais comme il s'était endormi à ce moment-là, et que je n'ai pas jugé bon de le réveiller, j'ai continué mon monologue intérieur, en essayant de comprendre ce qui m'arrivait. J'ai commencé à réfléchir à la raison pour laquelle j'essayais toujours de rendre compte des choses d'une façon exhaustive. Ce que je veux dire par là, c'est que quand j'écris quelque chose par exemple, j'ai ensuite envie de raconter la façon dont je l'ai écrite. Or la description d'un système se situe par définition hors de son objet, donc dès l'instant où elle est produite, elle devient caduque en tant que compte rendu exhaustif puisque la rédaction du compte rendu n'est pas dans le compte rendu, et la rédaction du compte rendu du compte rendu non plus, et ainsi de suite, vous comprenez ? La situation est donc insoluble, car à chaque nouvelle étape on se retrouvera confronté au même problème. Et c'est là que je me suis demandé, mais vraiment pourquoi se compliquer la vie comme ça ? Partant de là mon esprit s'est obscurci, mes idées sont devenues de plus en plus confuses, je me suis dit que je n'étais bonne à rien d'autre qu'à produire des récits de récits de récits, et que ce faisant je faisais péché de vanité et je me prenais pour Dieu au lieu de vivre simplement dans l'amour de mon prochain. J'ai alors été prise d'une terrible angoisse, j'ai pensé au statut de mon esprit et à la condition humaine, puis

176

je me suis dit, la Bible est peut-être le seul livre universel, et je ne pourrai jamais en être l'auteur, même pas à la façon de Pierre Ménard. Ce qui est stupide je suis d'accord, et très occidentalo-centré, mais à ce moment-là l'universalité ne m'apparaissait pas comme la caractéristique effective d'une chose, mais comme l'effet qu'elle peut engendrer sur une âme humaine à un moment donné et dans un lieu donné, bon ce n'est pas très important. Bref, j'ai eu très peur, je me suis mise à pleurer en voyant mon être si petit et si limité face à la possibilité théorique d'une connaissance infinie, et puis je crois que j'ai songé un instant à rentrer en politique, mais ne me demandez pas pourquoi je ne sais plus, et j'ai fini par me trouver submergée par une terreur extrême, je me demandais sans cesse, est-ce que j'existe, est-ce que j'existe, oui comme Descartes si vous voulez sauf que plusieurs siècles après c'est un peu risible, et c'est là que j'ai réveillé P., en hurlant quelque chose comme : "Mets-moi un poing dans la gueule mais vite." Comme on n'avait plus de résine de cannabis à la maison et qu'il sait que parfois j'ai besoin d'être assommée, qu'il en va de ma santé mentale, il s'est exécuté. Après j'ai encore crié et je crois que c'est là que Mme T., la voisine du dessous, a frappé à la porte pour savoir si tout allait bien, et je suppose que comme personne ne lui a répondu, elle s'est inquiétée et elle vous a téléphoné. Oui, je voudrais ajouter que je suis très amoureuse de P., avec qui je mène une existence heureuse et équilibrée. Oui, je sais qu'en France une femme sur dix est concernée par les violences conjugales, je suis bien consciente de la gravité de ce problème, mais je vous assure que c'est moi qui lui ai demandé de me frapper, alors s'il vous plaît, relâchez-le, j'ai très peur de rentrer toute seule à la maison. Oui, je suis suivie par un psychiatre. Non, je n'ai pas d'autres remarques. »

★

Je ne parle pas de littérature, quelle importance. La tentation est grande oui, d'irriguer sa vie de petits contes bien ficelés. Toutefois la technique n'est rien en soi, elle n'est que le creux de l'arbre, le terrier qu'on peut détruire d'un coup de pied. On ne sort jamais de soi : l'autopoïèse est un fantasme doctrinal. Il ne s'agit donc pas de proposer des œuvres, mais de montrer son esprit, comme disait Artaud.

Par conséquent, si d'aventure un jour tu n'as plus rien à dire, assume et prend le taureau par les cornes. Ne fais pas semblant. Décris ton inaptitude à écrire ou n'écris plus, mais reste honnête. Promets. Promets de rester droite. De ne pas trahir. De ne pas sortir de la ligne. C'est ridicule je sais, mais important.

★

– Elle nous fait un manifeste là ou quoi?
– Faudrait l'arrêter avant que ça ne dégénère complètement.
– Qui, mais de qui? C'est laquelle qu'on entend à la fin?
– Si on avait instauré des tours de narration clairs on n'en serait pas là.
– Ben ça se passe dans des bureaux mitoyens, quoi, réduction de budget.
– C'est à cause de la mitose temporelle, on n'avait pas le choix.
– Mitose temporelle de mon cul, n'importe quoi!
– Super, comme si l'entrecroisement des énoncés constituait une solution contre l'éclatement identitaire, la superglu textuelle c'est tout ce que vous avez trouvé pour colmater les fissures psychiques?
– Bon, on la fait se suicider? C'est la seule façon de sortir de cette impasse.
– Je ne vois pas comment, même dissociée elle est toujours à l'exécutif.
– Dites, vous n'en avez pas marre, vous, de toutes ces histoires morbides, vous ne voulez pas qu'on parle un peu des petites fleurs des champs et des papillons colorés?

– Laisse tomber, ça finira en *street fight* entre plantes carnivores et sphinx tête de mort.

– Le problème, c'est qu'elle a l'air de s'accrocher à son histoire d'antichambre.

– Un jour faudrait quand même leur dire aux RH que les tests psychomoteurs ça existe, ça nous éviterait de nous retrouver systématiquement avec des hystériques sur les bras.

– On a un sacré problème de raccord, on dirait.

– Décidément, depuis qu'on externalise le staff technique c'est un bordel permanent ici.

– Mais de quoi vous parlez j'ai comme la sensation d'avoir perdu le fil ?

– Putain, il va encore falloir passer trois heures à la convaincre.

– Arrête de dire putain, dis maquereau s'il te plaît.

– Gigolo serait plus approprié à mon avis, enfin ça dépend : tu veux le contraire ou bien l'inverse de la proposition « prostituée » ?

– Il y a quelqu'un à la régie ? S'il vous plaît ? Allô ?

– Tout cela est un odieux artifice pour fabriquer de toutes pièces une transition qui n'existe pas !

– Toi, la Cassandre du métatexte, ta gueule.

– Il s'agit en réalité d'une forme d'humour néo-absurde, que d'un point de vue stylistique on pourrait qualifier d'anti-prolepse : on annonce quelque chose et on ne le fait pas.

– Que nenni, ma grande, que nenni, il y a une justification narrative.

– Et puis il faut bien faire avancer l'histoire d'une manière ou d'une autre.

– Faire avancer, faire avancer… je dirais plutôt raccommoder !

– Une fois, rien qu'une fois, ne pourrions-nous pas énoncer les choses clairement ?

– Non ! non ! non ! je veux du suspens ! Pourquoi tout dire ! La langue doit être abstraction, la langue doit être concision, ellipses et silences !

– Tu l'auras voulu.

★

Hoquets

Elle s'est moquée de moi. À peine quelques jours que je suis dans cette antichambre et elle a réussi.

Déglutition

Elle a ouvert la porte elle s'est avancée vers moi, blanche de fatigue et la tête dodelinante comme pour mieux mettre en avant l'âpreté du combat, comme pour mieux m'enfoncer, me montrer ce que j'ai manqué, comme pour mieux souligner que c'était elle et pas moi, elle et pas moi qui... Alors que j'aurais tant voulu, tellement voulu...

Sanglots

Le pire, le pire...

Déglutition

Le pire, c'est qu'elle a feint de m'ignorer, je lui ai posé des questions mais elle n'a pas daigné répondre non, comme si j'étais indigne même du récit de sa victoire, je n'ai même pas droit à ça, même pas droit à des miettes, des bribes, quelque chose...

Reniflement

Elle m'a simplement tendu la lettre, sans un mot.

Déglutition

C'est drôle que ce soit par une lettre, quand on y pense. Oh, et puis qu'est-ce que ça change maintenant, pour moi. Je ne sers plus à rien. J'appartiens définitivement au passé.

11.

Parfois de temps à autre récurremment avec
une longévité variable mais une violence toujours
égale, elle revient reparaît ressuscite phénix triom-
phant réincarné saint-esprit évanescent réarticulé
vitamine effervescente reconstituée, transistor batterie perceuse à percussion épileptique à réaction
narcoleptique à collusion analytique éventrés
désossés disséqués réaxés rehaussés rechaussés
exaucés en ma main mon sein mon bassin cratères
de chair sous vide parterres de vers humides géné-
reusement offerts maison délétère, et elle hurle. Pas
contre n'importe quoi ou n'importe qui, non. Elle
en veut à son grand amour celui qui l'a jetée pla-
quée brisée, elle voudrait à son tour lui rendre la
monnaie de sa pièce lui faire goûter le revers arse-
niqué de son indélicatesse, le propulser contre les
murs lui péter les dents lui crever les yeux, connard

comment as-tu pu comment as-tu osé j'ai eu si mal si mal si mal tu m'as fait si mal, ma douleur était peut-être disproportionnée surdimensionnée certes je veux bien, tu m'as piétinée je me suis enterrée tu as planté le couteau je l'ai enfoncé tu m'as déchiré la peau je me suis scalpée, d'accord d'accord d'accord, mais tu tenais le manche de la hache jonchée de lames de rasoir ciselées, rappelle-toi – *Je me souviens* est la devise du Québec.

Alors je tente de la calmer je lui signale, c'est fini tout cela c'est du passé nous sommes engagées dans une nouvelle relation à présent nos rapports ont démarré sur des bases plus saines plus solides plus équitables émotionnellement parlant, et elle réplique salope traîtresse parjure limace amorale qu'as-tu fait de ta fierté de ta conscience de toi de ton être de ton étant et surtout de ton été, comment peux-tu renoncer à te venger après tout le mal, tout le mal qu'il t'a fait?

Et moi : le temps le pardon la confiance retrouvée ont fait leur œuvre. Et elle : charité chrétienne de mon cul désordonné l'épine restera toujours enchâssée dans ton cœur regarde deux secondes la réalité en face. Et moi : mais j'en aime un autre, et tu n'y changeras rien. Et elle : tu n'en as pas le droit, par respect pour moi pour nous par devoir de mémoire de commémoration envers la blessure archéologique dont tu porteras toujours en toi les strates tu dois maintenant mourir ou le faire payer, mais te détourner de ton bourreau, ça je te le défends.

À ce moment-là, Catherine ressuscitée convoque le tribunal pénal intercérébral pour démontrer à la face du monde que la narratrice ne peut décemment continuer à se montrer indifférente envers ce salaud qui l'a larguée quelques mois auparavant.

LE PRÉPOSÉ AUX ARCHIVES PERSONNELLES, APPELÉ À LA BARRE PAR CATHERINE DANS LE PROCÈS QUI L'OPPOSE À LA NARRATRICE, RÉPONDANT À LA QUESTION PERFIDE QUE SAVEZ-VOUS AU SUJET DU RÉCIT INTITULÉ « JUAN JE T'AIME REVIENS OU JE TE TUE »?

Il s'agit là d'un texte de langue française d'un volume d'environ deux mille cinq cents mots et organisé en plusieurs paragraphes constituant chacun un brouillon de lettre écrite par la narratrice à l'homme qu'elle aime mais qui l'a malheureusement quittée avant son départ dans un pays étranger, rédigé il y a exactement dix mois trois jours et deux heures quarante-huit minutes à l'aide d'un ordinateur portable macintosh revêtement aluminium écran quinze pouces posé sur le bureau acajou d'un appartement du sixième arrondissement d'une capitale européenne aux rideaux poussiéreux constamment tirés et à l'air lourdement chargé de benzodiazépine.

LE PRÉPOSÉ AUX ARCHIVES PERSONNELLES, À LA QUESTION QUELLE EST LA NATURE EXACTE DE CE TEXTE?

D'un point de vue purement technique, nous avons affaire à un soliloque névrotique maquillé en fiction épistolaire monodirectionnelle de nature éminemment autobiographique, et ce même si son auteur le nie obstinément aujourd'hui.

LE PRÉPOSÉ AUX ARCHIVES PERSONNELLES, À LA QUESTION POUVEZ-VOUS ÊTRE PLUS PRÉCIS?

Et bien dans un courrier en date du 9 mai dernier adressé à mes services et visant à rectifier les informations la concernant en vertu de la loi informatique et libertés, l'accusée soutient avec une mauvaise foi déconcertante que « Juan je t'aime reviens ou je te tue » serait une pure fiction dont le matériau aurait été purement et simplement inventé, ce qui est complètement ridicule, entre nous qui pourrait croire que cette petite-bourgeoise déclassée assoiffée de reconnaissance sociale (*il désigne l'accusée avec l'air dédaigneux des travailleurs laborieux et économes chez qui l'amour du règlement intérieur n'a d'égal que la haine des arrivistes*) s'intéresse à un genre peu vendeur comme la nouvelle, et puis surtout, il est de notoriété publique que pendant la période légale de conception du texte l'auteur était précisément en train d'agoniser en raison d'une rupture amoureuse à tout point de vue semblable à celle mise en scène dans le texte qui nous occupe.

LA DÉFENSE OBJECTE QUE LE TÉMOIN SE FONDE SUR DES ON-DIT ET DES RUMEURS ET N'A PAS CONSTATÉ PAR LUI-MÊME LA RÉALITÉ DES FAITS QU'IL AVANCE. L'OBJECTION N'EST PAS RETENUE PARCE QUE LE PRÉSIDENT DE SÉANCE EST EN TRAIN DE JOUER À PACMAN SUR SON NOUVEAU TÉLÉPHONE MOBILE. L'INTER-ROGATOIRE REPREND.

LE PRÉPOSÉ AUX ARCHIVES PERSONNELLES, À LA QUESTION DE CATHERINE PERSONNELLEMENT, EXPLIQUEZ-NOUS COMMENT POUVEZ-VOUS ÊTRE SI FORMEL ?
C'est très simple, ayant du fait de mes fonctions accès à la totalité des documents produits par l'accusée, j'ai lors d'une de mes inspections du contenu de la boîte « éléments non envoyés » du logiciel de courrier électronique de cette dernière pu constater de mes yeux et avec une certitude absolue l'existence de brouillons de lettre quasi similaires à ceux composant la prétendue nouvelle qui nous occupe. Naturellement, aujourd'hui ces courriers n'existent plus car dans le cadre de son entreprise autorévisionniste l'accusée a fait planter

son ordinateur afin de détruire toutes les preuves relatives à cette affaire, mais je sais qu'entre la parole d'un honnête employé qui a toujours fait preuve de zèle et de fidélité et celle d'une petite traînée doublée d'une hystérique, la Cour saura trancher.

LE PRÉSIDENT DE SÉANCE SORTANT DE SA RÊVERIE TECHNOLOGIQUE RAPPELLE À L'ATTENTION DU TÉMOIN QU'IL PARLE SOUS SERMENT ET LUI FAIT LECTURE DES ARTICLES DE LOI RELATIFS À LA RÉPRESSION DES FAUX TÉMOIGNAGES, SUITE À QUOI CE DERNIER AFFIRME MAINTENIR SES DÉCLARATIONS ANTÉRIEURES.

LE PRÉPOSÉ AUX ARCHIVES PERSONNELLES, À LA QUESTION DU PROCUREUR GÉNÉRAL EN ROBE DE VELOURS NOIR POUVEZ-VOUS NOUS LIRE LE TEXTE INCRIMINÉ AFIN QUE NOUS SACHIONS PRÉCISÉMENT EN QUOI CELUI-CI PEUT SERVIR LA CAUSE DE CATHERINE ET JUSTIFIER LE FAIT QUE L'ACCUSÉE SOIT CONDAMNÉE À ROMPRE IMMÉDIATEMENT AVEC SON FIANCÉ ACTUEL POUR ALLER MASSACRER LE PRÉCÉDENT À L'AIDE D'UNE TRONÇONNEUSE ÉLECTRIQUE ?
Bien sûr, avec grand plaisir.

Alors que le préposé aux archives personnelles s'apprête à faire lecture du texte en question, la narratrice furieuse souffle de toutes ses forces sur la salle d'audience

et la fait s'écrouler, ce qui n'est pas excessivement sur-
prenant puisqu'elle était en carton-pâte.

– C'est dégueulasse de déterrer ce texte maintenant, ça date, et puis ça montre juste que je l'aimais,
mais pas que je suis censée toujours l'aimer!
    – C'est surtout une preuve irréfutable de ton
autotrahison, salope. Parce que non seulement tu
vis avec un autre mais en plus tu as fait abstraction
totale des engagements que tu avais pris vis-à-vis de
nous-mêmes.
    – J'ai le droit de passer à autre chose!
    – Tu ne passes pas à autre chose, tu nies! Tu
fais comme s'il ne s'était rien passé, tu occultes tout
un pan de l'histoire, et pas n'importe lequel, un
trou béant et ensanglanté au fond de toi, tandis que
tu feins d'oublier tes projets de vengeance.
    – Mais je ne veux pas vivre accrochée à ma
douleur passée, ça ne sert à rien. Je veux juste être
une fille normale et heureuse, tu le sais.
    – Arrête de lire des ouvrages de développe-
ment personnel, s'il te plaît, ça te détraque complètement.

Et moi : silencieuse. Et elle : si tu ne m'obéis
pas je me suicide et t'entraîne dans ma chute. Et
moi : mais enfin tu es déjà morte. Et elle : oui mais
j'ai ressuscité. Et moi : au secours je suis en train de
me cogner la tête contre le carrelage de la salle de

bains arrêtez-moi. Et elle : tu aimes ça hein, avoir mal, c'est la seule chose que tu saches vraiment faire au fond. Et moi : arrachez-moi le cerveau par pitié faites une ablation mais vite c'est une urgence. Et elle : alors, qu'est-ce qu'on dit maintenant ? Et moi : très bien, très bien, ce type est une ordure finie, je vais lui écrire une lettre d'insulte. Et elle : ah, c'est déjà mieux. C'est bon pour cette fois-ci, mais fais gaffe, je reviendrai vérifier. Et moi : tu ne partiras donc jamais véritablement ? Et elle : mais bien sûr que non enfin tu es conne ou quoi ? Puis tu pourrais t'en réjouir, grâce à moi tu as écrit un roman. Et moi : je n'avais pas besoin de toi pour ça ! La preuve, c'est que j'ai d'autres textes en cours, et qui n'ont rien à voir avec ta personne. Et elle : ça, c'est ce que *tu crois* dans ta cervelle de micropoule déshydratée, ma pauvre.

Or pendant ce temps, quelque part au second plan dans pour être parfaitement honnête un coin très mal éclairé de la scène, Électre et sa sœur Chrysothémis se déchiraient violemment quant à l'attitude à adopter face à leur mère à toutes les deux, qui avait jadis commis un crime abominable.

ÉLECTRE, *vêtue de haillons afin que sa condition misérable ne fasse aucun doute.*
Il faut la tuer !

190

CHRYSOTHÉMIS, *vêtue d'une robe magnifique afin que tout un chacun puisse admirer sa réussite sociale.*

Principe de réalité, ma petite Électre, principe de réalité. Tu ne peux commettre un assassinat comme ça juste parce ça te chante. Va faire une psychanalyse plutôt, hein, d'accord?

ÉLECTRE, *déchaînée.*

Tu n'as donc aucune fierté ma sœur, aucun sens de l'honneur? Elle a bafoué notre nom et notre lignage, nous devons venger la mort de notre père! Si nous, ses filles de sang, ne nous en chargeons pas, qui le fera?

CHRYSOTHÉMIS, *empathique.*

Mais enfin Électre ma chérie, il est interdit de tuer les gens, tu le sais bien. Nous vivons dans une société, avec des règles, des codes et des normes qu'il convient de respecter, et ne pas poignarder son prochain en fait partie. Tu ne voudrais pas finir ta vie en prison quand même?

ÉLECTRE, *enragée.*

Ah c'est ainsi, tu t'inclines devant ceux qui détiennent les rênes du pouvoir, tu craches sur la tombe de notre père Agamemnon pour aller boire le calice empoisonné de la compromission? Très bien, fais ce que tu veux, ce n'est pas mon affaire. Car avec ou sans toi, je laverai l'honneur de notre famille.

191

CHRYSOTHÉMIS, *clinique.*

Écoute, vraiment tu m'inquiètes, on dirait que tu es bloquée dans une sorte de haine très négative, tu vas nous faire un ulcère si ça continue. Tu sais, je peux te donner des numéros à appeler, des gens très bien, je suis sûr que l'un d'eux sera d'accord pour te prendre en charge.

Ensuite Les Voix, qui n'étaient pas intervenues depuis au moins quatre minutes et qui commençaient donc à s'ennuyer ferme, décidèrent d'ajouter leur grain de sel.

– Heureusement que nous, nous n'en sommes pas là, n'est-ce pas.
– […]
– N'est-ce pas?
– […]
– Bah euh…
– Glurps.
– […]
– N'EST-CE PAS?
– Mfff, comment dire…
– Superglurps.
– […]
– Mais enfin bien évidemment que nous, nous n'en sommes pas là. Déjà parce que un, nous ne vivons pas dans l'Antiquité grecque, parce que

deux, euh, deux, nous ne pouvons pas voyager dans le temps.

– Hum.

– Ben quoi?

– Hum hum hum.

– Non mais bien sûr, d'une certaine façon on pourrait dire que, mais d'un point de vue légal pas du tout, vous voyez?

– Dites, on ne pourrait pas changer de sujet, ça devient gênant?

Cependant, contre toute attente, une fois le meurtre perpétré, ce ne fut pas Électre la rebelle, mais Chrysotémis la douce qui fut jugée.

ALLÉGORIE DE LA JUSTICE.
Est-il vrai que mille fois en votre esprit vous avez formulé le dessein d'assassiner la victime?

CHRYSOTHÉMIS.
Oui.

ALLÉGORIE DE LA JUSTICE.
Est-il également vrai que vous avez à votre domicile une boîte de thé contenant un mélange de tabac et de mort-aux-rats?

CHRYSOTHÉMIS.
Oui.

ALLÉGORIE DE LA JUSTICE.
Est-il encore vrai que vous avez récemment déclaré à votre conjoint tuons-la et nous deviendrons enfin riches ?

CHRYSOTHÉMIS.
Oui.

ALLÉGORIE DE LA JUSTICE.
Messieurs les jurés, voilà qui a le mérite d'être clair.

LA SALLE *(s'étant levée, tapant des mains)*.
Une souris verte, qui courait dans l'herbe, on l'attrape par la queue, on la montre à ces messieurs, ces messieurs nous disent, garde à vous !

GREFFIER.
Faites donc sortir ces dangereux extrémistes !

HUISSIER.
On ne peut pas, ce sont des intermittents du spectacle.

GREFFIER.
Ah oui, les quotas.

AVOCAT DE LA DÉFENSE.
Pour ma part, pas de questions à l'accusée, qui a de toute façon déjà décidé de se pendre.

CHRYSOTHÉMIS.
C'est faux!

AVOCAT DE LA DÉFENSE *en aparté*.
Certes, mais il faut bien simuler la repentance, faire comme si vous vous punissiez déjà suffisamment vous-même. Il n'y a que ça qui les attendrisse.

PROCUREUR.
Qu'avez-vous choisi de plaider?

CHRYSOTHÉMIS.
Non-coupable.

MARIONNETTE BICÉPHALE *(mimant un dialogue houleux entre Chrysotémis et son avocat)*.
Taisez-vous, malheureuse!
Mais je suis innocente!
Soyons raisonnables mon petit, la culpabilité est la seule planche de salut.
Vous ne me croyez donc pas, même pas vous?
Ce n'est pas mon travail.
Mais regardez-moi, voyez la vie que je mène, ai-je vraiment l'étoffe d'un assassin, honnêtement?
Je suis une lâche, ça oui, une minable petite lâche,

qui a renié son sang, sa maison, sa foi jurée, sa sœur, mais pas une meurtrière, j'en aurais été incapable, justement parce que savais bien ne jamais pouvoir supporter le poids de ce forfait.

Tout cela n'a aucune importance désormais.

Vous m'imputez la responsabilité d'un crime que je n'ai pas commis ?

C'est votre personnage qui veut ça.

PROCUREUR.
L'accusée plaide donc coupable. Pour éviter de faire traîner en longueur et d'engorger encore plus les tribunaux après c'est pour la pomme du contribuable n'oubliez pas les élections, nous condamnons immédiatement Mlle Chrysothémis Atride ici présente à la peine maximale prévue en cas de rébellion contre le destin.

Un peu plus tard surgit de nulle part un petit gnome vert brandissant une preuve capitale démontrant de façon irréfutable l'innocence de l'accusée, mais c'était désormais parfaitement inutile : la sentence avait déjà été exécutée.

12.

J'ai froid, j'ai tellement froid. *Plonge ta main dans ta poitrine et arraches-en la tumeur.* J'ai faim et j'ai froid. Je voudrais tant la serrer dans mes bras encore une fois. *C'est répugnant, c'est répugnant!* Me blottir contre elle. *Pour mieux l'asphyxier!* Et l'embrasser.

Je grelotte, les pingouins exténués viennent s'échouer sur la banquise. Frissons dans les genoux, les cuisses, le dos. *Elle n'existe que dans ton imagination!* Mes cheveux s'animent d'une vie propre, je me recoiffe sans arrêt, sans arrêt. *Tu dois apprendre à regarder le gouffre!* Les paupières libellules crèvent le plafond, il serait logique de tremper un doigt dans le verre d'eau. *Dors maintenant.* Le sommeil est impossible, on m'a coupé les oreilles à la place des orteils, le français est une langue difficile.

197

★

— Bon alors et Catherine, elle est morte ou pas, finalement?

— Elle a été enterrée quand même.

— Cela ne prouve rien! Elle a parfaitement pu être inhumée vive, ça arrive plus souvent qu'on ne croit ce genre de mésaventure.

— En vérité, on n'aura jamais aucune certitude à ce sujet.

— Et comment diable pourrait-on en avoir? Le décès d'un personnage de fiction c'est tout de même assez difficile à établir il me semble, on ne peut pas lui prendre le pouls, ni lui mettre un miroir devant la bouche, ni s'assurer de la dilatation de ses pupilles, et il n'existe pas non plus de scanner permettant de détecter la présence d'une entité romanesque dans un cerveau.

— Mais enfin, vous avez toutes perdu la boule ou quoi? Si elle a ressuscité c'est bien qu'elle était morte!

— Elle *était* morte, imparfait de l'indicatif! c'est bien ce que je disais, elle ne l'est plus désormais.

— C'était une concordance des temps, meuf, détends-toi.

— Le fait que son fantôme erre encore parfois parmi nous signifie-t-il qu'on doive la considérer comme étant de nouveau vivante?

— Le doute est la clef de toute connaissance digne de ce nom.

— Mes amies, mes sœurs, n'oubliez pas la parole du seigneur : je suis la résurrection et qui croit en moi ne mourra jamais, a dit Jésus à Marthe, la sœur éplorée de Lazare.

— Et c'est reparti.

— Si la vie, dans l'état de chute et de péché où nous sommes, mène inévitablement à la mort, c'est par la mort, d'abord une mort intérieure à tout ce qui nous empêche de vivre, que nous pouvons passer à une vie nouvelle, dans cette vie et dans la vie future en Christ.

— Putain mais c'est pas possible, depuis que tu t'es convertie tu es à baffer, dégoulinante de niaiserie évangélique et de bonnes intentions sirupeuses, je te jure que si tu ne te reprends pas tout de suite je te fais bouffer ton Nouveau Testament.

— Du calme, va faire un tour et laisse couler.

— Je ne lui en veux pas vous savez, non, j'ai pitié d'elle et je tremble pour son âme. Et si un jour elle veut porter la main sur moi, je tendrai l'autre joue, car infinie est la miséricorde divine.

— Tant mieux, c'est formidable cet amour universel que tu portes en toi depuis que tu as renoncé à vivre dans le péché. On peut reprendre la discussion maintenant ?

— Regardons les faits.

– Si je peux me permettre, l'acte de décès n'a pas été établi par une personne dûment habilitée.

– Oui, bon, quoi ? Il fallait bien que quelqu'un s'en charge, moi j'avais mon brevet de secourisme alors je me suis proposée, et sur le moment personne n'a rien trouvé à y redire je te signale, vous étiez même bien contentes que je me dévoue un soir de Noël.

– Ah Noël… la magie de la nuit divine, nuit de paix, sainte nuit ! Dans le ciel l'astre luit, dans les champs tout repose en paix, et soudain dans l'air pur et frais le brillant chœur des anges aux bergers apparaît, ô nuit de foi, sainte nuit, les bergers sont instruits !

– Je préférais encore quand elle se suicidait toutes les demi-heures, c'était moins pénible.

– Tu devrais faire un hip hop christique, je suis sûre que ça marcherait du tonnerre.

– Le Seigneur n'aime que les chants de louanges doux et paisibles.

– Attends je te montre, ça te décoincera un peu de la charité chrétienne : Matez moi ça mes connasses / Savez que l'heure a sonné / Ça va chier sur la paillasse / Bethléem West Side ! / Savez qui sont les vraies / Marie est dans la place / On connaît le jeu de près / Bethléem West Side ! / Vais te dire ce qui se passe / Tu prétends être une vieille blasée / Mais ça te laissera pas de glace / Je peux te l'assurer / Bethléem West Side ! / Alors fuck ton gang de

200

fonce-dé / Lâche tes baskets de pétasse / Parce que Jésus s'est enfin ramené / Et ça c'est la classe de la classe / Fatherfucker powa Bethléem Westside !

— Blasphème ! Blasphème ! Blasphèèèèèèème !

— Attention aux verres quand tu hurles, merci.

— C'est malin, elle va encore se flageller toute la semaine pour ses péchés.

— Ça nous fera des vacances parce que franchement, entre l'hystérie de tragédienne et la sainte foi catholique romaine, je ne suis pas sûre qu'on ait gagné au change.

★

Lettre d'adieu : « Plus personne ne s'occupe de moi. On me néglige, on me délaisse, on fait mine de m'ignorer... Pourtant il fut un temps j'étais l'objet de tous les soins de toutes les attentions, on me cajolait me bichonnait me choyait, on me contemplait à longueur de journée les yeux brillants d'admiration et de fierté... Tel le sapin d'Andersen je me trouve, après avoir été admirée et célébrée, déparée de mes brillants atours et dévêtue de mes somptueux ornements... Pire : je dérange. Je suis le reliquat honteux, le témoin incommode... Alors on feint, à la manière des parvenus qui désavouent leurs amis d'antan afin qu'ils ne trahissent pas leurs origines modestes, de savoir à peine qui je suis... Ou bien, lorsqu'au pied du mur on ne peut nier mon existence, on minimise on dévalue on se dédouane : elle? oh, ce n'est rien, personne, juste un détail, une broutille, une lubie passagère, l'essentiel est ailleurs vous pensez bien... On m'a défiée, insultée, provoquée, malmenée... Mourir, je ne demandais que ça en vérité. J'étais toute prête à tirer ma révérence, pourvu qu'elle soit grandiose. Un dernier coup d'éclat, c'est tout ce que je demandais... Mais non, on voulait que cela se passe discrètement, sans vagues et sans bruit, tout en douceur, comme sous anesthésie... C'est qu'on s'est senti coupable... C'est qu'on ne voulait pas se salir les mains... Et depuis, plus rien. C'est comme si je n'existais plus... Aucune réaction... On ne me parle plus, ne serait-ce que pour menacer de m'assassiner... La vache a donné tout son lait, laissons-la mourir au fond de l'étable, elle ne mérite même pas d'être abattue par nos soins... Si vous croyez que je vais me laisser faire, que je vous donnerai le plaisir d'une disparition bien propre et sans éclaboussures... Ne pensez pas qu'on puisse me supprimer l'air de ne pas y toucher, étouffer l'affaire dans un mouchoir de poche et faire l'économie d'un vacarme, d'un scandale... Pour être acceptable, ma mort devra être fracassante, brutale, et ferme... Je me suiciderai donc, et pas qu'un peu : je me jetterai sur les rails de votre existence et les résidus ensanglantés de mon être parsèmeront à jamais votre chemin... Catherine. »

*

Sur le bout de mes doigts pressée effleurée l'étoffe d'une robe audacieuse bien trop audacieuse pour qu'on puisse jamais la porter, audacieuse pour qui pour quoi pour moi qui suis je à moins que je ne sois elle si elle est moi et pourtant si nous sommes nous et elle et moi, est-ce une bonne idée de nous dissocier de nous séparer de nous couper découper découpler encore une fois? je suis accroupie sous le fauteuil aux accoudoirs chromés les bras repliés oiseau comme une fille blessée, mais sortez de là enfin sortez de là et voilez paupières ces yeux d'animal apeuré, ce n'est pas ainsi que nous parviendrons à avancer. C'est parce que j'ai un traumatisme identitaire vous comprenez? et je refuse oui je refuse l'aumône abjecte concédée à regret, ils ont attendu longtemps bien trop longtemps pour réparer l'outrage demandant preuves attestations démonstrations, ce n'était pas un droit accordé d'office que de s'abriter dans la maison lexicale le refuge nominal mon plus bel ornement, fiction légale n'est rien d'autre qu'un pléonasme indécent.

*

Sudoku littéraire : amusez-vous à faire des anagrammes à partir de vos nom et prénom.

203

Agna Karveyno Anne Varoigyk Ariane Vnokyg Erin Gonvakay Eva Kirgannoy Evina Garnoky Gina Krevonay Iren Yangakov Irena Agnovky Ivana Kregnoy Ivgena Noraky Karina Vongey Karyn Eginova Nana Gervoiky Nany Krogieva Oriana Vygnek Vera Yikonang Yoanna Gikrev Yvana Kroenig. Et encore, j'aurais pu m'appeler Anorak Yeving : je l'ai échappé belle.

*

Alors pour dénouer démêler la pelote de laine, j'ai tranché le sort de l'identifiant. Obsession de la justification souhaiterait ici ardemment préciser, de toute façon la narration première personne n'est pas un acte référentiel mais l'expression d'une capacité d'interlocution, cependant poussons-la hors du chemin voilà un coup de coude bien envoyé, êtes-vous fâché allez-vous m'interner ? J'ai tranché le sort de l'identifiant articulais-je nous serons toujours deux mais pas comme il est d'usage, les rôles seront inversés : bonjour mademoiselle, votre nom est inscrit sur ma carte d'identité, est-ce là une raison valable pour présumer que nous sommes suffisamment intimes pour former une seule et même personne ? À cet instant précis Encyclopédie Universelle rebondirait volontiers sur le sujet pour s'interroger sur la notion occidentale

204

d'individu autonome, mais nous lui enfonçons un chiffon imbibé d'éther au fond du gosier, et que les ressortissants des sociétés matrilinéaires ne fassent pas mine de ne pas se sentir concernés, procédons tous ensemble à notre autocritique nominative. Car elle, la mienne comme la vôtre, n'est officielle et pérenne que pour mieux vous maintenir dans l'illusion de votre moi solipsiste, j'y crois également qu'est-ce que vous imaginez, mais je me révolte au moins. Ce sur quoi femme de ménage cérébrale désirerait ajouter, c'est un peu ridicule quand même et tellement cliché la rébellion contre la préfecture de police, toutefois elle glisse malencontreusement sur le parquet trop bien ciré, saisissez-vous à quel point je suis écartelée ? Usurpatrices nous sommes toutes le droit positif l'état civil l'armée entière des fonctionnaires du ministère de l'Intérieur n'y pourront rien faire, il n'existe pas de solution viable aucune option n'est équitable, c'est pourquoi tâtonnant dans l'obscurité opaque je déclare : la pièce grouille de mystificatrices cachées derrières les tapisseries comme des canards sauvages déplumés prenez garde à ne pas vous tromper de chaise musicale, échangeons nos glaces et sois oui sois faussaire à ma place deviens mon écran mon écrin mon carcan, porte pour moi.

★

Intermède divertissant : œil-monstre braqué sur ma nuque de dos de dos bande de lâches, parasite incandescent sous ma peau dans mon bras le flétrissement de mes os n'est pas une métaphore, je suis le marronnier conique des jardins chic le peuplier dépecé des rues bétonnées, tourbillon de pinces de ciseaux de haches de marteaux, l'inquisition n'attend pas le nombre des années pour lever son drapeau.

★

« J'en ai marre de ton roman Nina. C'est pire que si on avait un gosse, tu passes tes journées à t'en occuper, il te réveille la nuit et tu n'as d'yeux que pour lui. Tu te rends compte oui, de l'angoisse que c'est pour moi, ce texte ? Il prend toute la place et en plus je suis dedans. Oh, mais je te parle putain ! »

Le soir j'ai pensé contre lui : tu sais je vais te dire un truc *gerçures rouges tracent sur mes tibias* qui n'est pas dans le bouquin *une route de sang* tuer Catherine *pourvu qu'elle soit vraiment morte* c'était _____. Puis j'ai réfléchi, je me suis examinée en toute conscience *petites aiguilles dans mes poignets* et j'en ai conclu que tourné de cette manière *préparent le civet* c'était faux. Renoncer à Catherine *jusqu'au bout ça aura été difficile* c'était encore bien d'autres

206

choses *son appel je l'entends toujours*, c'était en finir
avec le récit au passé *ventre noué je suis accrochée crispée agrippée*, non pas comme forme littéraire vous
vous doutez bien que cela je m'en fiche, mais
comme violence temporelle infligée à soi-même, et
c'était aussi et surtout *je ne peux la nommer* se
déprendre d'une forme de fiction *je ne peux la nommer* que seule l'indifférence pouvait réduire au
silence *je ne peux la nommer*.

13.

Voix bloquée enrayée au travers de la bouche enclume cuivrée sur langue qui fourche sur dents qui trébuchent secret poisseux crasseux gélatineux sème la tempête récolte les embûches colle aux molaires adhère aux ovaires accidente le sentier de la cruche polichinelle sentinelle ritournelle talon d'Achille qui gomme qui somme rature hachure efface toute trace de mélasse, mais je me trahis toujours oui toujours.

Attention cependant à la forêt qui cache l'arbre, le contexte est là pour vous induire en erreur et les pièces du puzzle ont été mélangées, dit le lapin, qui était toujours de bon conseil malgré l'épée de Damoclès qui lui transperçait le cœur.

★

Jugement du Tribunal cérébral de grande instance – exposé des motifs :

Attendu que le Comité de censure interne a estimé que certains passages du présent ouvrage pouvaient porter préjudice à l'auteur et notamment mettre en péril sa fragile capacité d'insertion au sein de réseaux sociaux non fictionnels, et qu'il convenait donc de les supprimer ;

Attendu que le Service marketing s'est opposé à cette requête au motif qu'il était d'usage dans la profession d'écrivain de ne pas complètement abandonner le lecteur à son sort lorsque celui-ci essaie désespérément de comprendre quelque chose à l'histoire exposée ;

Attendu qu'après consultation pour expertise judiciaire le Service rhétorique a considéré qu'en l'espèce l'ouvrage susmentionné ne relatait pas une histoire au sens classique du terme ;

Attendu que le Responsable flagellation de la Cellule spiritualité & religions a dans son témoignage poignant insisté avec force sur les vertus cathartiques de l'humiliation et de la honte publiques ;

Attendu que le Gestionnaire des Voix du Bureau de la sécurité interne s'est présenté spontanément par-devant nous pour déclamer un long discours relatif à l'importance du principe de précaution en matière de secret psychique et a exhorté le jury à envisager l'inconfort moral dans lequel l'ensemble des fonctionnaires de nos institutions se trouverait propulsé en cas de divulgation desdits fragments de récit;

Attendu que le Parlement des Voix n'a pas été en mesure, au terme du délai légal de quatre-vingt-huit jours de délibération, de formuler un avis éclairé et unanime sur la question;

Attendu que la narratrice reconstituée a quant à elle manifesté une vive hostilité envers la Cour durant toute la procédure, qu'elle a refusé de comparaître aux audiences malgré les trente-trois convocations dûment expédiées à son adresse officielle, qu'elle nous a envoyé par trois fois des cadavres de crapauds décapités par voie intrapostale et que de surcroît elle a tenté de soustraire les textes litigieux à la justice en les dissimulant dans diverses cachettes de son domicile;

Il a été décidé que :

D'une part les passages signalés par le Comité de censure ne figureraient pas dans le corps du texte ; mais que d'autre part, ils seraient regroupés dans une dernière partie, où le lecteur pourra les consulter sur simple présentation de sa pièce d'identité.

En conséquence, le Tribunal ordonne une perquisition au domicile de la narratrice aux fins de saisie des documents incriminés, et donne pour ce faire pleins pouvoirs aux forces de l'ordre interne, qui auront ensuite pour tâche de les enregistrer, de les référencer, et de les exposer, dans l'état où ils ont été recueillis, sur le présentoir prévu à cet effet.

Les parties ayant renoncé à user de toute voie de recours à leur disposition, cette décision acquiert force exécutoire dès ce jour et peut donc faire, en cas de résistance, l'objet d'une exécution forcée par les soins d'un officier psychique compétent.

★

22 h 27

Je n'en peux plus. Jamais contents. Jamais satisfaits. J'ai beau faire de mon mieux ce n'est jamais assez bien. *J'avais fait des efforts pourtant, je m'étais appliquée.* Quelle que soit la forme vous aurez toujours quelque chose à redire. Toujours.

Parce que je les connais les détails moi, qu'est-ce que vous croyez. Vous voulez me tailler comme on taille les arbres, jolis cubes, jolies sphères, et que ça pousse bien droit, surtout pas un pas de travers.

Vous ne m'aimez pas. Depuis le départ vous me méprisez. Me regardez de haut. Qu'est-ce qu'elle veut celle-là avec son personnage de fiction dans la tête, mais qu'elle cesse de s'agiter comme ça c'est pénible, qu'elle la zigouille et qu'on en finisse. *Ce n'est pas ta voix.* Je me noie dans mon palimpseste et vous m'enfoncez la tête dans l'eau, paume fermement appuyée sur le haut de mon crâne. *Je n'ai pas de voix.* Les sorcières en réchappaient uniquement si elles parvenaient à surnager malgré la pierre qui les tirait vers le fond du lac.

Ah les meurtres ça, ça vous plaît bien, je ne dis pas. C'est rigolo. Ça vous excite. *Je ne me suis pas découragée.* Vous en saliviez d'avance. Du sang partout à peu de frais, comme c'est pratique. *J'ai fait une nouvelle tentative.* Bande de vautours. Charognards. Mais pourquoi comment comprendre ça non. *Un concentré, une essence de récit.* Cela vous rappelle des mauvais souvenirs peut-être? C'est désagréable n'est-ce pas cet écho que ça fait en vous, ça vibre et ça fait des frissons. *Avec une histoire épurée, débarrassée de tout ingrédient superflu.* Surtout ne pas tacher les jolis vêtements repassés, maman ne serait pas contente. Oui je suis mauvaise oui. Monnaie de votre pièce point barre.

Comme j'y ai cru pourtant. Comme j'y ai cru. Claque. Vulnérable. Chair molle. Tortue éventrée. Je pensais, je pensais que vous étiez comme moi. *C'est un peu laborieux tout de même la généalogie romanesque.* Vous ne regardez que votre nombril. Intéressés. Par vous uniquement. Mais pas au point de vouloir savoir ce qu'il y a tout au fond. *Je suis vraiment bête d'avoir pensé que ça pourrait éveiller votre attention.* Alors forcément vous êtes mal à l'aise. Gêne. Dégoût. Vite détourner les yeux, vite changer de chaîne.

Pour moi c'est tellement important de le dire vous comprenez? *Ce ne sont que de vulgaires histoires de filles après tout.* Non, bien sûr que non. Je suis le lanceur de pastèques dont tout le monde se moque c'était dans un conte populaire, la haine engendre la haine. *Des petites pisseuses.* Moi je meurs si je ne le dis pas. Je meurs de toute façon vous noterez, mais enfin je meurs moins si je le dis et je veux mourir le moins possible si c'est possible. Ce dont vous vous contrefichez royalement, je le sais bien. Vous-même vous mourez tous les jours sans y prêter attention. Alors la mort des autres ça vous dépasse évidemment.

En vérité j'ai perdu. Je me suis perdue. Je croyais avoir trouvé mais non. *Wagon discursif qu'on raccroche, train anamnésique qu'on écorche.* Toujours la même rengaine. Je me perds. Je ne sais rien faire d'autre que me perdre. Bonne à rien je suis, allégorie de la complainte éternelle. Incapable. *Il ne dépendait que de moi, il ne dépendait que de moi.* Hérisson aux épines rentrées vers l'intérieur. Je crie dans tous les sens et cela ne sert à rien. Pas d'entonnoir pour rassembler, pour recoller. Rien.

Alors maintenant je fais quoi, je vous le demande. *Tout ce temps, il a fallu tout ce temps.* Je fais quoi avec tous ces textes qui me restent sur les bras. Tous ces mots. *Pour que vous avouiez.* Toute cette sueur. *Pour que vous crachiez le morceau.* Tuer Catherine c'est jeter tout cela ? *On s'en tape des explications.* C'est nier, occulter son histoire ? *Nous ce qu'on veut c'est la guerre, le sang, les charniers.* Je ne sais pas, je ne sais vraiment pas.

Le pire, c'est que Catherine est morte et je ne sais même pas comment.

★

Pièce n° 1 : note d'intention

C'est bien pour cette raison que procéder à une déstructuration *merde je n'arrive pas à relire mes notes ah ben bravo moi je dis bravo* afin de rendre

214

compte de l'incapacité à mettre en œuvre une cohérence narrative, autrement dit évoquer dans le texte lui-même le problème de sa forme *oui mais dans quelle forme connasse.* En ce sens nous avons donc affaire à une injonction paradoxale de type postmoderne *tu es grave de te lever de table pour aller noter ça ma pauvre* menant nécessairement à une impasse. De plus, dans la mesure où d'une part achever son propos est une violence faite au texte par le texte *qu'est-ce que tu nous emmerdes avec ton misérabilisme à la con* le caractère fini d'un élément signant automatiquement et ontologiquement son arrêt de mort, et où d'autre part l'ellipse constitue un subterfuge parfaitement fonctionnel dont néanmoins personne n'est vraiment dupe *si tu continues je me fracasse la tête contre le mur et je fais passer ça en accident du travail compte là-dessus* on peut résolument en conclure que, décidément, les cordonniers sont les plus mal chaussés.

★

23 h 27

Qu'il est vain de croire que la plaie deviendra belle si on la coule dans des lettres dorées l'or reste un métal tranchant malgré tout imposture moyen comme un autre de se complaire dans d'être clouée rivée chevillée à jamais tu ne me lâcheras pour la simple et bonne raison que je t'ai attachée à moi avec la plus solide des chaînes recherche d'authenticité inutilement désespérée la partie est perdue d'avance je suis atteinte d'une forme chronique et absurde de loyauté envers la douleur d'une façon tout à fait rationnelle le suicide s'impose à mon esprit comme la solution la plus logique qui soit pour m'échapper de cette impasse mais bruissement de vie me souffle à l'oreille chérie l'existence peut être jolie aussi esthétise esthétise et tout ira bien comme on est égoïste même dans cet état pâteux gluant puanteur de la douleur diffuse grise incolore vaporeuse rien de tangible pour se rouler dedans juste une brume visqueuse qui me dévore à longueur de journée.

★

Pièce n° 2 : le jeu d'assemblage amusant

Jour 1. Soixante étoiles en cinq couleurs et huit textures qui s'emboîtent par le centre et par les branches, ma tête sur un plateau d'argent à qui me tire de là. Jour 2. Et pourquoi ne pas encastrer toutes les figures ensemble? Jour 5. La pyramide rouge, se concentrer uniquement sur la pyramide rouge. Jour 9. Morceaux épars tout autour de moi bientôt je serai cachée dissimulée par cet amas. Jour 11. Mais où est le trieur de formes géométriques, bordel? Jour 16. Le formol peut-être constituerait une solution intéressante. Jour 21. Je me demande s'il n'y a pas un défaut de fabrication quand même, ça ne colle pas du tout ce hérisson géant à insérer dans un cadre de plexiglas. Jour 22. L'agencement des pièces de plastique rigide se fera de façon à ce que chaque balle produise de la musique en descendant du toboggan. Sauf que chez moi pas un bruit naturellement. Jour 25. Des éléments colorés à clipper pour développer la motricité en s'amusant, vous vous foutez de moi? Vous ne fournissez même pas de modèle en image pour savoir ce qu'on doit reproduire, afin de mieux humilier vos cobayes! Alors laissez-moi vous dire qu'après une soirée en compagnie de votre manège à formes, je compte bien porter plainte pour harcèlement ludo-éducatif! Jour 31. Nausée des briques de caoutchouc tordues éventrées torturées, je voudrais me rouler dans le gazon en papier sulfurisé. Jour 38. Mains usées jaunies calleuses, paumes percées meurtries poreuses, si je piétine les bulles de glycérine me permettrez-vous encore de dessiner des fleurs aubergine? Jour 40. Polystyrène bleu amiante jaune essence de bois de rose, je brandis mon scalpel et l'enfonce dans ma cirrhose. Jour 42. Je m'accroche à la rampe métallique je ne sais combien de temps je tiendrai cachée dans le coffre à jouets. Jour 44. La logique est dans son essence une forme de folie, rôti de cervelle filet de viscères panier garni. Jour 218. En cas d'échec, ne vous acharnez pas : c'est sans doute que vous souffrez d'une carence en représentation mentale de l'espace.

★

0 h 27

Des mois durant histoire perdue j'ai ressassé : bel amour j'avais, tu as tout cassé, un à un tu as pris mes os, tu les as tous brisés, hululement. Tout cet amour je te l'ai donné je veux le reprendre tu ne le méritais pas, je t'ai construit de mes yeux, tu n'es juste qu'un triste clown creux. Fantôme translucide armée d'un pic à glace cliché n'a peur de rien, elle se pythifie et scande : Arlequin tu m'as volée ton habit était troué, Arlequin tu m'a trahie ton costume était moisi. Vive le roi de Prusse !

★

Pièce n° 3 : défaite

Elle marche dans la rue c'est elle pas de doute, cuissardes d'exploratrice qui claquent qui fouettent le bitume, veste remontée jusqu'aux pommettes je la regarde dans le reflet des miroirs urbains, narcissique, et j'admire ce teint transparent sous lequel perlent les gouttes de mon sang.

Parfois je frôle d'une main le gouffre. Seules les émotions comptent, répète-t'elle souvent. Alors que vienne l'horreur, du bas du dos, ou n'importe quoi d'autre.

★

1 h 27

Le groupe des rouges, le groupe des rouges. Regarde et vise. Comment dit-on mourir en d'atroces souffrances dans votre langue, déjà? Oui, criez très fort en trépassant, j'aime ça. Lances aiguisées canons fumants charniers creusés sabres tranchants, les hussards tressaillent perdent patience les mousquetaires mitraillent prêtent allégeance, non pas un prêtre pas un sorcier ne saura vous détourner de votre chemin, dévoués fidèles attachés que votre sang coule éclatant, que vos râles résonnent triomphants. Allez, juste encore un mortier, juste encore un obus, juste encore un bélier, et prêts fins prêts nous irons nous attaquerons battant campagne, mon armée permanente est innocente n'est-ce pas? Demandez grâce et vous verrez, vous verrez comme je sais entailler profondes les veines jugulaires : le nerf de la guerre.

★

Pièce n° 4 : mémoire

LUI. – Cela t'arrive d'avoir des souvenirs qui ne sont pas les tiens ?
MOI. – Ah non, jamais. Mais en même temps, par définition je ne peux pas savoir.

Strasbourg malaise hôpital urgences transfusion qui se déroule sans aucune complication, mais avènement de troubles psychosomatiques muscles tendus douleurs cervicales tous les jours irrégulièrement direction service psychiatrique, utilisation possible de la langue maternelle objectif dérouler le discours. C'est du délire chacun sait que le sang ne stagne pas, mal de tête problèmes de concentration étourdissements faiblesse générale crampes essoufflement parfois jusqu'à n'en plus pouvoir parler. Effraction des substances corporelles ce sang peut donner du mauvais sang il appartenait à un inconnu et risque en montant à la tête d'obstruer les facultés cognitives du sujet, le cerveau va exploser des infusions de persil, vite. En Haïti pour votre information chère madame on fait boire une tisane avant d'annoncer un décès, voici une petite verveine pour faire passer la pilule car oui en effet oui en effet oui il n'a pas survécu à ses blessures cela dit vous êtes ravissante. Le problème voyez-vous pour l'inhumation tenez il y a des sucrettes si vous voulez c'est qu'il a été mordu à la main, c'est un peu étrange dit comme ça mais c'est sa voisine qui elle est toujours vivante qui lui a mordu la main pour qu'il cesse de crier ça l'énervait, en plus comme il allait décéder de toute façon pourquoi tout ce boucan oui pourquoi dans le calme c'est tellement mieux. Mais pour en revenir à votre cas sachez que le drainage par le sang n'est qu'une représentation occidentale une construction comme une autre, certains veulent mourir drapés du linceul de leur terre natale fidèles dans la mort à cette patrie qu'ils ont abandonnée de leur vivant c'est le cas de bien des vôtres n'est-ce pas, quelle belle diaspora vous formez tout de même, je vous envie un peu. D'ailleurs dans de nombreux pays les femmes sont porteuses de la dignité de la famille aussi ne reconnaissent-elles que difficilement leur alcoolisme, mais bien sûr cela ne vous concerne pas c'était juste pour votre culture générale, surtout que la réglementation est très stricte pour celles qui ont des enfants.

LUI. – Si, en fait, si tu le sais, tu sais que ça ne t'est pas arrivé, mais ça ne t'empêche pas d'éprouver le souvenir comme si c'était le tien.

MOI. – Écoute, je sais que tu es fan de K. Dick, mais tu devrais prendre un peu de recul quand même, tu crois pas ?

★

2 h 27

Le contact de sa peau l'odeur de sa chair la
chaleur de son haleine le claquement de sa langue
je les connais par cœur, par cœur, par cœur, et surtout surtout le bruit de ses cris étouffés dans la nuit
où j'étais moi aussi, toujours, car enfermée liée
attachée ligotée il n'y a pas de dialectique possible
pas de troisième voix audible, ne pouvais donc tu
pas te trouver un autre corps à assiéger une autre
victime à torturer ?

★

Pièce n° 5 : bord de mer

La pierre chaude sous mon ventre mon ventre
sur la pierre chaude, volcanique. Et simultanément
couchée sur le papier une autre vie en parallèle, que
je hais ce mot désormais, tissée d'angoisses. *Il vous
reste huit pages dans votre cahier.* Je prends garde à ne
pas me laisser parasiter, même si c'est définitivement inévitable, et je monte grimpe la montagne
caillou sous mes semelles rayons sur les épaules,
chevilles qui se dérobent régulièrement, reste là je
vais chercher les secours prends un peu de lecture
avec toi pour que tu ne penses pas, que tu n'aies pas
peur. Arrivée au port dans le noir nous marchons

encore longtemps, il y a du bruit des chiens qui aboient, effroyablement féroces. Mais dites-moi, est-ce que le jeu en vaut la chandelle ? Avançons encore un peu le long de la route pour voir. Une voiture s'arrête pour nous prendre, une grande automobile aux vitres fumées deux hommes d'affaires, montons. Un peu plus loin une halte pour admirer le champ de bananiers dans la plaine, pourquoi cet arrêt au beau milieu de nulle part pourquoi oui pourquoi, ça ne présage rien de bon. Ils ont freiné près de nous parce que j'étais une femme en maillot de bain c'est évident, et toi tu n'as pas su me protéger, que le discours est porté sur la trahison, je ne te le pardonnerai jamais. *Attention, il vous reste trois pages dans votre cahier.* Plus tard : je marche sur les rochers pieds nus pieds écorchés une mèche de cheveux étouffe ma gorge, nous n'y survivrons pas, ni toi ni moi, nous n'y survivrons pas. Si j'ai les pointes fourchues, convient-il de les couper ? Si j'ai le bout des doigts calleux, convient-il de les amputer ? Le monde est hostile par définition, le canal d'expression est lui-même souillé par les eaux usées qu'il est censé permettre d'évacuer. Si tu les laisses venir, c'est que tu les aimes, salope, et je te le dis à toi-même, comme on éborgne un cyclope. Alors des larmes jaillirent sur son visage et elle décentra son corps. Je lui souris, un sourire qui brise la peau, et la source se tarit. *Il est là ! dans mon ventre ! le monstre !* Sur le fil de la falaise en bas tout près des abîmes de silence mutisme est le tribut, seule la main peut parler, enfouir l'épisode au plus profond de ma mémoire et ma mère égorgera des chats dans le grand plat à gratin. *Stop, maintenant tu fermes ce putain de cahier et tu reviens à la vie.* Cinglante cinglée brûlante brûlée je suis le lait caillé au soleil la fille qui a tourné au réveil, mangée par la grande machine aux dents d'acier je n'ai pas le temps, voix enrouée grinçante coincée chancelante, et c'est vraiment, vraiment tout ce que je puis vous dire pour le moment.

★

3 h 27

L'écho qui rend fou mais quelle idée que de m'avoir dit cela mais quelle idée êtes-vous parfaitement inconscients êtes-vous définitivement malveillants on ne jette pas des choses pareilles à la figure des gens on n'agite pas des mots vermeils sous le nez des passants c'est foncièrement discourtois indécent maladroit inconvenant et surtout pas sans au minimum fournir un équipement de survie une trousse à pharmacie yaourt liquide vaisselle valériane avide ombrelle stilnox solide marelle seringue aride poubelle.

★

Pièce n° 6 : bug

– Mais qu'est-ce qu'on fait là, bordel, mais qu'est-ce qu'on fait là ?

– C'est vrai qu'elle n'a pas l'air bien cette petite, plus ça va et plus elle se décompose.

– Vous aimez les pommes vertes, dites, celles ont la même couleur que les lucioles ?

– Impossible, le coffre est équipé d'une serrure à gorge calcique.

– Ma pauvre, tu te vautres dans la paraphrase évangélique pour masquer ton manque de courage, c'est pathétique.

– Lâche, tu vas lâcher ce putain de flingue oui ?

– Ainsi donc, il était gaucher.

– Le sang le sang le sang, rouge !

– Il est dix-neuf heures quinze huit heures moins trois quarts vingt heures moins quarante-cinq sept heures et quart.

– Il faudrait arrêter d'être tout le temps en avance comme cela, c'est fatigant.

– Tel un banc de harengs estropiés trempant dans un pot de vin vinaigré, séparément nous ne sommes que de pauvres poissons inaptes à la vie du grand large, tandis qu'appréhendées ensemble, nous constituons un délicieux bocal de rollmops.

– Ah non ah non ah non, pas le plateau de crustacés vous savez bien que je ne supporte pas tout ce qui provient de la mer je vais être malade.

— Ce plagiat de Lewis Carroll est d'une platitude affligeante.

— Mais le chandelier, où diable avez-vous mis le chandelier?

— On s'est trompées depuis le début. Finalement, c'est elle qui voulait devenir brune, pas l'autre.

— Sur le seuil de la porte, c'est sur le seuil que tout a basculé.

— C'était une hallucination!

— L'homme a depuis bien longtemps repoussé la loi divine pour suivre de nombreuses autres doctrines, comme celle des magasins de bricolage ou des VRP en matériel chirurgical.

— Et si tout le monde confirmait l'autre version? La vérité n'est rien d'autre qu'un accord d'opinion : qui est seul a tort.

★

4 h 27

Laissez-moi tranquille. Laissez-moi. Vous ne comprenez pas? Vous ne comprenez donc pas ce qui se joue ici? Vous ne voyez pas? Mais c'est là sous vos yeux. Aveugles. C'est pour cela qu'il y en a plein, des voix. Aucune n'est la mienne je vous dis, aucune. N'avez-vous jamais réfléchi aux deux sens du mot taupe? Je n'ai pas mérité cela. Partez. Tout de suite. Que je ne vous entende plus jamais.

★

Pièce n° 7 : la fiche pratique qui a permis la réalisation de ce livre

Faire pousser de la littérature à la maison – spécial bricoleurs curieux   – *manual*

1) Dans une pièce hermétiquement close – l'expérience se déroule impérativement *in vitro* – branchez en série :

– un individu humain doté de la faculté à s'exprimer dans un langage articulé (sont donc ici exclus les enfants sauvages trouvés dans la forêt ainsi que les téléspectateurs des chaînes à vocation exclusivement commerciale dont en l'état actuel des connaissances on ignore encore s'ils sont susceptibles de recouvrer un jour leurs capacités intellectuelles) ;

– toute substance dont le sujet ne pourrait se passer pendant plusieurs jours, telle que des cigarettes et du soda au cola (impérativement avec édulcorants si vous avez choisi d'utiliser un humain de sexe féminin ou assimilé, dans la mesure où dans les sociétés occidentales les personnes socialisées femmes ont pour habitude de considérer qu'il n'est vraiment mais alors vraiment pas malin de dépenser une bonne partie de son budget calorie journa-

227

lier en boisson gazeuse sucrée, dont le rendement plaisir est somme toute assez faible, alors qu'à coût cellulitaire égal on peut manger tout plein de pâte à tartiner à même le pot, sachant que cette dernière pratique constitue, au contraire de ce que certains pourraient penser, une ingénieuse astuce permettant d'une part d'éviter de produire un surplus de vaisselle par l'usage d'un couteau et d'une assiette, ce qui tant que le combat pour le partage égal du travail ménager n'aura pas été gagné restera une priorité dans la façon de se sustenter de toutes les femmes modernes, et d'autre part de se protéger des méchants hydrates de carbone contenus dans la partie « pain » de la tartine) ;

– un exemplaire d'*Anna Karénine* texte intégral (les extraits, fiches de lecture ou ouvrages parascolaires ne sont pas admis) ;

– et enfin, clef de voûte du circuit, un set d'écriture en état de marche (ordinateur équipé d'un logiciel de traitement de texte ou, pour les amateurs de yaourts recette tradition, un cahier à spirale papier surfin accompagné d'un stylo à plume approvisionné en encre).

2) Connectez le circuit autarcique de production littéraire ainsi constitué à une prise de valium 220 mg. Il est recommandé d'utiliser une source d'alimentation munie d'un disjoncteur ainsi qu'une mise à la terre isolée.

3) Attendez. Si le sujet présente les dispositions adéquates, il se positionnera de lui-même face
à son kit d'écriture (plug & play) et commencera à
tapoter ou griffonner quelques phrases sans intérêt,
pour ensuite commencer à envisager les avantages
qu'induirait une vie vécue par procuration romanesque, loin de tous les tracas de la réalité sociale.

4) Assurez-vous du bon fonctionnement du
dispositif en vérifiant que l'écrivant plonge dans un
état de désespoir avancé dès lors qu'on le prive
d'outils scripturaux. Ce désarroi peut se manifester
de plusieurs façons : crise d'hystérie, apathie,
insomnies, vomissements. Cependant attention : il
a été prouvé que certains individus pouvaient écrire
mentalement et retenir par cœur un certain nombre
de phrases. Ce genre de court-circuit est reconnais-
sable à la sueur perlant sur le front du sujet ainsi
qu'à la tension de ses mâchoires, évoquant irrésisti-
blement celle des pattes d'un crapaud sur le point
de bondir sur sa proie.

5) Au bout de quelques semaines, vous pour-
rez commencer à récolter les fruits du travail de
votre cobaye. En effet ce dernier, en parfaite sym-
biose avec son kit d'écriture, n'aura de cesse de
produire, pour nourrir et entretenir le lien qui l'unit
à lui, des textes de plus en plus longs et de plus en

plus incompréhensibles. Pour plus de fluidité et un meilleur rendement, le spécimen humain pourra également être équipé d'une névrose en série, voire de sérieux antécédents masochistes. En effet, le système ne fonctionne que si le sujet prend véritablement plaisir à se vider de son énergie vitale. Rien ne sert donc de le maintenir de force en l'attachant à son fauteuil de bureau à roulettes confort du dos : il doit être satisfait de sa condition.

6) Lorsque l'individu décède, jetez-le et remplacez-le par un autre.

Voilà, c'est fini ! À vous de jouer.

Attention ! Si tu as moins de douze ans, demande l'aide d'un adulte avant de commencer !

★

5 h 27

Le robinet qui goutte dans l'obscurité. Les mollusques. Le poids sur ma poitrine, les mots qui me persécutent. Il ne s'agit pas d'une nécessité entendue comme, si je n'écris pas je dépéris mon existence n'a plus de sens. C'est plutôt : je deviens folle si je ne pose pas ce fardeau sur le papier.

Recluse. Ne voir personne. Mon corps qui m'abandonne. Je veux déménager. Souffler. J'ai des cycles de trente-six heures, vingt-quatre heures d'éveil et douze heures de sommeil. Qu'on en finisse.

FAQ

1. Toutes ces variations de style, c'était vraiment indispensable ?

 – Je ne comprends pas pourquoi vous avez absolument tenu à produire un texte si hétérogène. Ça fait vraiment désordre, tous ces changements de ton.
 – C'est pour dérouter les gens.
 – Leur faire tout plein de surprises, afin qu'ils ne s'ennuient jamais.
 – Et pour mettre en exergue le fait que la mise en récit n'est jamais une opération neutre.
 – N'importe quoi ! Tout ce cinéma n'a aucune raison d'être en soi ! C'est juste qu'il y en a une qui tenait absolument à faire démonstration de l'éventail de ses pseudo compétences discursives ! Et vas-y que je te fais du parlementaire schizophrène, et que j'enchaîne sur du masochiste brûlant, mais attention

je sais aussi taper dans le narcissique froid, parce que faut pas croire j'ai plusieurs cordes à mon arc un seul registre c'est bien trop limité pour exprimer l'étendue de ma richesse intérieure, alors je continue, et voici que je te balance de la retranscription audio histoire de montrer que je sais aussi faire des bruitages, et voilà que je t'insère un petit moment de théâtre pour que chacun voie que je suis également capable d'écrire des didascalies si c'est pas formidable ça, et au final j'arrose le tout d'un filet d'eau de rose avant de composer un hip hop en direct afin que nul ne puisse ignorer que je ne me contente pas des arts bourgeois, mais putain c'est une vidéo de démonstration de l'éventail de ton répertoire ce livre ou quoi ?

— Pouarf, à mon avis c'est bien plus simple que ça : ce bordel, c'est juste pour essayer de faire lire du *Bridget Jones* calviniste à des amateurs d'assassinat.

2. Pourquoi les passages traitant de la vie de Catherine sont-ils si niais ?

— La théorie du solstice d'été je peux pas je peux pas je peux pas, c'est vraiment trop grotesque.

— C'est fait exprès, merde, il s'agit de singer les romans classiques.

— Tu parles, c'était très sérieux à l'époque.

— On n'avait pas le choix, c'était sous la dictée de Catherine !

234

– C'est un peu facile. On sait où ça mène, les arguments du type désolée je n'ai fait qu'obéir aux ordres de la direction, mais moi je vous jure en mon fors intérieur je condamnais fermement mes propres agissements j'ai même fait de l'eczéma tellement j'étais rongée par les scrupules.

– Peut-être, mais en vertu de l'arrêté Cantatrice Chauve, ces éléments sont désormais considérés comme relevant de la parodie.

– Sale révisionniste.

– Je te signale que la dernière décision de justice ayant force de la chose jugée prévaut et rend caduques les précédentes, aussi est-ce bien la dénomination la plus récemment affectée qui prime en matière de classification statutaire des ensembles textuels, et non pas la nature de quelque obscure intention originelle.

– Tu sais, j'en suis presque à t'envier parfois. Ça doit être tellement confortable de vivre dans un univers entièrement tissé de circulaires et d'arrêtés préfectoraux, jamais un doute, jamais une incertitude, il n'y a pas de question sans réponse, il suffit de s'en référer à la loi.

– Quant à moi, je vous préviens, même sous la torture je n'avouerai jamais qu'il fut un temps j'ai validé le *Roman de Catherine* le plus sérieusement du monde.

3. Il y a certaines <u>incohérences au</u> sein de l'histoire, c'est fait exprès ?

– J'aurais préféré des versions qui se complètent, au lieu de se contredire.

– Tu ne comprendras donc jamais ? La contradiction *est* par essence ce qui complète mieux que tout.

– Ça va, je la connais ta théorie des lunettes, l'intérêt du récit est dans le regard posé sur les événements et pas dans les événements eux-mêmes, alors alternons les prismes et nous aurons une meilleure vue d'ensemble, très bien, formidable, vive l'interprétation et la subjectivité, mais en attendant, si tu louches au point que les faits s'en trouvent complètement déformés, il y a comme un problème !

– Déformés, déformés, comme tu y vas, il s'agit de légères altérations, tout au plus.

– Au demeurant, le factuel n'existe pas.

– Nihiliste idéaliste.

– Oxymore !

– Chienne de garde de la rhétorique !

– Bon bon bon, le constructivisme radical est une voie stérile comme chacun sait, cependant là où elle n'a pas tort, c'est que tout texte est fiction, quel qu'il soit, alors quelques petites variations par-ci par-là, franchement...

– Tu ne vas quand même pas soutenir que le

mode d'emploi d'une calculette fabriquée à Hong Kong a le même statut que *Michel Strogoff*?

— Ben si, ma vieille : requête judiciaire, facture de téléphone, lettre d'amour, littérature officielle, notice d'utilisation, tracts politiques, liste de courses, tout est fiction, car à chaque fois, on a coulé le réel dans des caractères d'imprimerie.

— Que tu es bornée.

— Je ne suis pas bornée, je dis, le langage découpe le monde.

4. Est-ce que c'est un roman autobiographique?

— Faudrait à un moment donné trancher clairement et définitivement la question de l'autobiographie.

— C'est marrant, tu as l'air crispée quand tu dis ça.

— Je ne suis pas crispée, je suis concentrée, nuance.

— Ah c'est vrai que tout de suite ça change tout.

— La dichotomie autobiographie contre roman d'imagination ne tient pas !

— Tu es bien gentille avec tes grands principes, mais en pratique ce n'est quand même pas la même chose de raconter sa vie ou d'inventer des histoires.

— Tenez par exemple, Simone de Beauvoir a sans doute bien plus collé à la réalité de ses sentiments dans *L'Invitée*, qui est posé comme fiction, que dans *Mémoires d'une jeune fille rangée*, revendiqué comme autobiographie.

– Trépidant. Grâce à toi nous savons désormais que le pacte autobiographique est une convention qui ne protège pas non plus, ô cruelle déception, de la fiction personnelle, c'est vrai que c'est une grande découverte que personne n'avait encore réalisée.

– Mouarf, de toute façon nous sommes bien trop nombreuses pour faire de l'autobiographique, on pourrait parler de pluribiographie tout au plus.

– Ce qui est bien quand même, c'est que nous on raconte vraiment ce qu'on veut.

– Oui, vous sentez ce vent de liberté qui souffle dans nos cheveux ? Que c'est bon…

– Les crédits à la consommation sont mille fois plus nocifs pour le pays que le tabagisme, alors cessez de diaboliser les fumeurs et interdisez les prêts à taux scandaleux ! à bas les usuriers !

– Qu'est-ce qui te prend ça n'a aucun rapport ?

– Oh rien, j'exerce ma liberté de parole, c'est tout.

– Merveilleux.

– Toutefois, laissez-moi faire remarquer que la confusion volontaire entre auteur et narrateur est un dispositif qui permet de jouer sur l'identité du romancier, dont le lecteur, intrépide par nature, tente toujours de deviner les traits à travers le texte. Et il me semble qu'on en use un peu, tout de même…

– J'admire l'habileté avec laquelle tu évites de prononcer le mot autofiction.

– Chut!

– C'est que, euh, ce n'est pas un très joli mot.

– Vous avez tort de rejeter le terme juste parce qu'il a donné lieu à des dérives.

– Je ne veux pas d'étiquette! Je ne veux pas d'étiquette! Je veux pousser toute seule au milieu d'un pré désert!

– Encore les petites fleurs, mon dieu.

– Désormais on ne peut plus faire semblant de ne pas savoir qu'on est en train d'écrire, c'est juste impossible, ce serait comme, comme, une sorte d'imposture, une mascarade, un carnaval auquel on participerait tout en feignant ne pas savoir qu'on est déguisé.

– C'est à cause du désenchantement du monde.

– L'ère du soupçon, on dit.

5. C'est quoi au juste, ce chapitre 13 avec le jugement et toutes ces pièces?

– C'est complètement ridicule ce truc, déjà qu'il y a du *making of* tout le long du texte, mais alors là ce bonus en fin de livre c'est vraiment n'importe quoi, si vous vouliez faire un DVD fallait le dire.

– Tss, tu n'as rien compris. Il s'agit de montrer sans montrer, de dire sans dire, de résoudre le para-

239

doxe du secret qu'on veut garder pour soi tout en l'exposant.

– Comme dans le poème c'est ça ?

– Euh, en quelque sorte oui.

– « Je ne puis le dire à personne / Je l'expose donc à tous / J'ai tenté de le souffler, de bouches à oreilles / À chacun de vous, un à un, séparément / Ce secret, qui de toute façon n'a qu'une direction / Et ce qu'autrui ne peut savoir, seuls quelques-uns le peuvent / Ce secret, en raison duquel je suis jadis secrètement / Venu au monde, dans le sang et dans la boue / Le mot, le secret, l'infime miracle / Afin que je recherche cet autre / Et que je lui souffle à l'oreille : fais passer / Je ne puis le dire à personne / Je l'expose donc à tous. »

– Ah, que c'est beau, on dirait presque le Nouveau Testament.

– Si je peux me permettre, la posture du poète est légèrement différente de la nôtre, en effet si on analyse avec rigueur la nature de son propos, il apparaît avec une certitude absolue qu'en ce qui le concerne, il s'agit moins de brouiller les cartes afin de pouvoir les mettre sur la table que de rendre public ce qui pose problème en privé.

– C'est globalement la même idée, tout de même.

– Mouais, c'est bien joli vos références poétiques, mais j'ai du mal à saisir en quoi ça justifie d'en arriver à se perquisitionner soi-même.

— Ce qui est proprement terrifiant, c'est que tout est englouti par le système.

— Bon, on pourrait leur dire la vérité pour une fois, non?

— Quelle vérité, quelle vérité? On vient de répondre!

— Étrange comme tu t'énerves, c'en est presque à croire que j'ai touché un point sensible. Alors que moi tu vois, je songeais simplement à émettre une hypothèse, en toute candeur.

— Tiens, tu te la joues ingénue maintenant, toi qui es toujours aux premières loges pour foutre la merde.

— Des loges? Quel genre de loge? De théâtre d'opéra parlementaires ou maçonniques, revête-ment satin velours skaï ou bâche plastique, sièges rembourrés molletonnés avec ou sans accoudoirs?

— Disons que je me demandais, mais ce n'est là que pure spéculation bien entendu, s'il n'y avait pas là-dessous une sorte de, comment dire, de réticence à, eh bien, jeter les chutes, les résidus textuels. Vous voyez?

— Tu veux dire que ce chapitre 13 serait en réa-lité un genre de poub…?

— Oh vous savez, il y en a de très jolies, des poubelles, enfin tout dépend du matériau et de la forme, mais par exemple celles en inox qui brillent comme une boule à facettes sont magnifiques et je crois que…

– Une décharge publique, plutôt.

– Et merde.

6. *Pourquoi une FAQ?*

– La honte quand même, d'être obligées de rédiger une FAQ.

– Ah non ah non ah non, on ne va pas commencer à commenter la FAQ à l'intérieur même de la FAQ, sinon on va encore finir en mise en abyme de niveau dix-huit.

– C'était loin d'être indispensable à mon sens.

– Tu préfères laisser partir les gens avec des interrogations angoissantes en suspens, tu veux qu'ils se morfondent et se rongent le sang pendant des nuits et des nuits, ne sachant pas bien à quoi s'en tenir?

– Écoute, je ne voudrais pas briser en mille morceaux sanguinolents le fragile arc-en-ciel de tes illusions, mais enfin, rends-toi à l'évidence : tout le monde s'en fout, de savoir qui quoi où comment pourquoi cette virgule à tel endroit et pas à tel autre, et pourquoi quasiment jamais de point-virgule alors que c'est tellement chic comme mode de ponctuation, hein, tu comprends?

– Il est de notre devoir de proposer un service après-vente à l'intérieur de l'ouvrage, sans quoi comment pourrons-nous nous défendre correctement une fois assignées en justice?

242

– Ha, parce qu'évidemment, il y aura un procès, c'est vrai que ce qu'on a produit est tellement subversif que le siècle ne le supportera pas.

– Oh oui, et nous serons condamnées et crucifiées par les Romains après d'atroces et nobles souffrances sur le faîte du mont des Oliviers, comme notre seigneur à toutes, j'ai nommé Jésus !

– Tu vois, quand je te disais que la religion était juste un nouveau vernis.

– Moi, je propose qu'on supprime tout.

– La FAQ ?

– Non, le roman en entier.

– Comment cela ?

– Ben oui : plus de livre, plus de problèmes.

– Et que deviendrions-nous ?

– Hors de question, je refuse d'être enfermée avec cette bande de folles sans travail à mener à bien, c'est la psychose en réunion assurée.

– Remarquez, ça me plairait beaucoup à moi, d'avoir une hallucination collective : je pourrais enfin voir la Sainte Vierge de mes yeux. Peut-être même qu'elle me laisserait lui toucher la robe, ou les cheveux…

– Mais de quel bouquin vous parlez, enfin ?

– Après tout, ça pourrait être une solution.

– Bon, puisque cette hypothèse paraît devoir être examinée, il va nous falloir voter.

– Je vais chercher du papier.

– Et moi l'urne.

– Encore par écrit, mais c'est une obsession !

– De toute façon il est trop tard, la machine est lancée.

– Il n'est jamais trop tard pour récrire l'Histoire.

Notice d'utilisation

Afin de répondre aux attentes d'un large public, et aussi pour d'autres raisons qui ne vous regardent pas, cet objet a été conçu de façon à ce qu'il puisse en être fait un usage extralectoriel aussi divers que varié. Ainsi, contrairement aux apparences, ce n'est pas un vulgaire roman que vous tenez entre les mains, mais un exemplaire de la gamme ModuloLivro®, le livre évolutif pour accessoiriser votre vie selon vos envies !

Léger, esthétique et multifonctions, Modulo-Livro® est entièrement modulable grâce à ses pages nombreuses (256) et à son positionnement multiple (fermé, ouvert, entrebâillé). De plus, son extraordinaire mobilité (une seule personne suffit à le transporter), sa simplicité d'usage (aucun outil ni aucune connaissance particulière ne sont nécessaires pour le manier) et sa résistance à toute épreuve (il supportera les feuilletages successifs et les ouvertures-fermetures à répétition) en font un article de consommation parfaitement adapté au monde moderne, qui recherche toujours plus de rapidité et de flexibilité. Breveté, ModuloLivro® a déjà conquis quelques dépressifs, mais il ne s'arrête pas là et s'ouvre aujourd'hui au plus large public des alcooliques et des employés de bureau. Polyvalence, stabilité et ergonomie garanties pour ModuloLivro®, l'accessoire de vie qui sait se faire léger sans peser sur le budget !

Pour prendre la mesure de la large palette de services que pourra vous rendre ModuloLivro®, le compagnon indispensable de tous vos instants, prenez le temps de vous pencher sur quelques-unes de ses innombrables possibilités d'utilisation et apprenez de cette façon à en tirer un bénéfice maximal. Cependant, une fois rodé, n'hésitez pas à vous laisser aller à votre créativité, ModuloLivro® est intégralement personnalisable (coloriage, effeuillage, démontage, etc.) selon vos humeurs et votre fantaisie !

⋆ Amour & sensualité
Idéal pour sublimer votre charme naturel, ModuloLivro® sera votre atout séduction de chic et de choc et le complice de tous vos émois. Femmes : ouvrez l'objet et secouez-le nonchalam-

ment près de votre visage en poussant de longs soupirs, votre nouvel éventail vous dotera d'une élégance sans pareille. Hommes : attendez qu'il pleuve et offrez l'asile à l'élue de votre cœur sous le délicieux abri formé par le livre ouvert à 120°. Transgenres : au moment de passer à l'acte, dissimulez votre sexe entre les pages du volume tout en arborant un air ingénu, la surprise de votre partenaire n'en sera que plus grande et la nuit que plus folle ! SM : bâillonnez votre soubrette à l'aide d'un fragment de texte roulé en boule et fessez-la avec le dos de l'ouvrage.

★ Combat de rue

Augmentez vos performances physiques et devenez le roi de la jungle urbaine grâce à Modulo-Livro® ! En mode attaque, livre fermé, assenez un coup de tranche sur le nez de votre ennemi et terrassez-le sur-le-champ. En mode défense, livre ouvert, protégez les parties sensibles de votre anatomie et soyez certain que nul ne pourra vous blesser. En option, disponible dès maintenant : le mode diversion, qui vous permet, en feignant de lire, de tromper la vigilance de l'adversaire en lui faisant croire que vous avez l'esprit occupé.

★ Relation parent-enfant (petits poneys)

Vous désirez approfondir la complicité qui vous lie à vos enfants, mais vous ne savez pas vraiment comment vous y prendre ? Nous avons la solution : grâce à ModuloLivro®, participez activement à l'amélioration du confort matériel de leurs petits poneys, et soyez assurés de leur reconnaissance éternelle. Ainsi, l'objet pourra tour à tour servir : de paravent, pour protéger l'intimité de chacun des habitants du château des poneys, ce qui est très utile quand on désire se pomponner en vue d'accueillir un futur invité ; de table basse japonaise pour prendre le thé en compagnie de Ken, promoteur immobilier en visite envisageant de racheter le château des poneys ; de salle de torture pour étouffer ce salaud de Ken, qui sous ses airs de gentleman au grand cœur voulait en fait raser le château, jugé trop cher à restaurer et décidément trop peu rentable, pour construire un centre commercial en Lego à sa place.

⋆ Vie domestique

D'une efficacité redoutable aussi bien dans le jardin que dans la maison (*indoor* & *outdoor*), ModuloLivro® sera le fidèle allié de tous les passionnés de travaux ménagers et de décoration intérieure. Disponible en permanence et pouvant être utilisé de nombreuses fois par jour, il ne connaît pas de limites, se transformant à volonté en presse-papiers, fixe-nappe, recueille-épluchures, mini-escabeau, cale-meuble, tue-mouche, enfonce-punaise ou cache-tache. Mais ce n'est pas tout ! Il pourra en effet également faire office d'objet de décoration discret et raffiné (posé sur l'étagère) ou majestueux et imposant (serti d'un cadre doré et accroché au mur), à moins que vous ne préfériez le transformer en cachette à documents compromettants (glissez les relevés de votre compte bancaire luxembourgeois entre la page 66 et la page 67).

* Développement personnel

Que ce soit pour mieux gérer ses relations avec les autres ou tout simplement pour se sentir bien dans sa peau, il est essentiel de prendre confiance en soi. C'est difficile, compliqué? Détrompez-vous! L'épanouissement personnel est désormais à portée de main avec ModuloLivro® et son programme de reconstruction pour un moi nouveau! Exercice n° 1 : pour acquérir un port de tête à faire pâlir le plus puissant des PDG, placez le livre sur le haut de votre crâne à l'horizontale et entraînez-vous à marcher sans le faire chuter. Exercice n° 2 : pour lier connaissance avec des inconnus sans sentiment de gêne, laissez tomber l'ouvrage aux pieds de la personne de votre choix, elle le ramassera et la conversation s'engagera sur-le-champ, d'une façon naturelle et spontanée (attention à ne pas jeter l'objet de façon visible ou violente). Exercice n° 3 : pour apprendre à aimer votre corps, confectionnez-vous un cache-sexe en forme de feuille de vigne à l'aide d'une des pages du livre et répétez à haute voix « je suis Ève, je suis Ève, je suis Ève » (afin d'éviter tout risque de confusion identitaire, remplacez par « Je suis Adam » si vous êtes un garçon). Exercice n° 4 : pour accroître votre agressivité et votre sens de la compétition, frappez, lacérez, déchirez et au final brûlez l'ouvrage en poussant des cris de bête sauvage.

Merci encore d'avoir choisi ModuloLivro®, l'ami de tous les jours pour agrémenter votre quotidien selon vos désirs ! Utilisé correctement, ce produit haute qualité pourra vous accompagner pendant de nombreuses années.

Précautions d'emploi : ne pas agrafer sur des muqueuses sensibles. Ne jamais ingérer d'un seul coup, mais uniquement page par page. En cas de contact avec le cerveau par voie de lecture, laver immédiatement et abondamment avec de l'eau et consulter un spécialiste.

Si, malgré le plus grand soin apporté à la confection de cet ouvrage, vous constatiez des erreurs ou des malfaçons, nous vous prions de vous signaler prioritairement auprès du psychiatre de l'auteur, qui seul saura trouver les mots justes pour que celle-ci soit en mesure d'accueillir les critiques sans se défenestrer.

TABLE

Achevé d'imprimer en janvier 2009
dans les ateliers de Normandie Roto Impression s.a.s.
à Lonrai (Orne)
N° d'éditeur : 2080
N° d'édition : 161042
N° d'imprimeur : 090038
Dépôt légal : février 2009

Imprimé en France